Tirando a farda

Dados Internacionais de Catalogação na Publicação (CIP)
(Câmara Brasileira do Livro, SP, Brasil)

Chatwick, Stewart
Tirando a farda / Stewart Chatwick ; [tradução de Dinah Kleve].
- São Paulo : Summus, 1998.

Título original: Military sex.
ISBN 978-85-86755-11-8

1. Estados Unidos - Forças Armadas - Homossexuais 2. Histórias eróticas americanas 3. Homens gays - Escritos americanos 4. Homossexualidade masculina I. Título.

98-4206   CDD-813.080353

Índices para catálogo sistemático:

1. Homossexuais militares : Histórias de casos :
   Literatura norte-americana   813-080353
2. Militares homossexuais : Histórias de casos :
   Literatura norte-americana   813-080353

Compre em lugar de fotocopiar.
Cada real que você dá por um livro recompensa seus autores
e os convida a produzir mais sobre o tema;
incentiva seus editores a encomendar, traduzir e publicar
outras obras sobre o assunto;
e paga aos livreiros por estocar e levar até você livros
para a sua informação e o seu entretenimento.
Cada real que você dá pela fotocópia não autorizada de um livro
financia o crime
e ajuda a matar a produção intelectual de seu país.

Tirando a farda

STEWART CHATWICK

Do original em língua inglesa ***Military sex***
Copyright © 1993 by Leyland Publications
Publicado por acordo com a Leyland Publications
Direitos para a língua portuguesa adquiridos por
Summus Editorial, que se reserva a propriedade desta tradução

Tradução: **Dinah Kleve**
Projeto gráfico e capa: **Brasil Verde**
Editoração eletrônica: **Acqua Estúdio Gráfico**
Editora responsável: **Laura Bacellar**

1ª reimpressão

Edições GLS
Rua Itapicuru, 613 7º andar
05006-000 São Paulo SP
Fone (11) 3862-3530
e-mail: gls@edgls.com.br
http://www.edgls.com.br

Atendimento ao consumidor:
Summus Editorial Ltda.
Fone (11) 3865-9890

Vendas por atacado:
Fone (11) 3873-8638
Fax (11) 3873-7085
e-mail: vendas@summus.com.br

Impresso no Brasil

SUMÁRIO

O charme da Força Aérea
J. R. Mavrick — 7

Pego de surpresa
Rick Jackson — 13

Feliz descoberta
Rick Jackson — 22

O pracinha Joey
J. R. Mavrick — 29

Polícia da Marinha
William Cozad — 40

Dia do Trabalho
William Cozad — 48

Treinando no deserto
Brad Henderson — 57

O estaleiro naval de Brooklyn
John Dagion — 64

Loucura naval
William Cozad — 75

Parceiros de sacanagem
J. R. Mavrick — 83

Movido à manivela
Rick Jackson — 94

Base de treinamento
Michael Bates — 104

Ano novo
  William Cozad _____ 109

Sorte grande
  Rick Jackson _____ 116

Companheiros de bordo
  Rick Jackson _____ 127

Frutos do mar
  William Cozad _____ 134

Hospital militar
  William Cozad _____ 141

Marujo de primeira viagem
  Rick Jackson _____ 150

O ruivo
  William Cozad _____ 160

O charme da Força Aérea
J. R. Mavrick

Minha primeira missão na Força Aérea norte-americana me levou para a Alemanha Ocidental. Nasci numa família extremamente severa do Alabama e nem é preciso dizer que eu era bastante ingênuo no que diz respeito à minha sexualidade. Para falar a verdade, a minha vida sexual antes da Aeronáutica tinha sido quase inexistente. Eu passei a maior parte da minha juventude profundamente envolvido com atividades escolares e dei pouca importância ao sexo. Contudo, percebi que sentia um desejo arrebatador pelo meu melhor amigo. Depois de dois longos anos de tentativas e tesão enrustido, finalmente obtive a minha recompensa: o seu pau duro. Foi aí que eu descobri qual era a minha.

A Alemanha Ocidental era completamente diferente do Alabama. Pela primeira vez na minha vida eu via neve e tantas montanhas altas. Nem imaginava que em breve estaria experimentando bem mais do que um clima frio. Pessoalmente, achei os alemães totalmente desinteressantes. A maioria deles era formada por homens grandes e corpulentos e, como eu gostava de tipos inocentes e esguios, concentrei a minha atenção nos numerosos aviadores que lotavam a base. Havia vários soldados bonitos para paquerar.

Eu era bastante jovem quando me alistei – tinha acabado de comemorar o meu décimo oitavo aniversário antes de aterrissar em Frankfurt. Minha função na Força Aérea era cozinhar para a base. No princípio, fiquei decepcionado com este trabalho, mas logo descobri quantos jovens cozinheiros atraentes havia na minha área de trabalho. Além disso, eu tinha muitas oportunidades de paquerar outros soldados gostosões enquanto eles aguardavam na fila para comer.

Vi Dan pela primeira vez depois de já estar havia mais ou menos um ano na Europa. Ele era o novo recruta escalado para ajudar no preparo do "rancho", como a maioria das tropas chamava a comida. Ele me chamou a atenção logo de cara. Dan tinha todas as qualidades que eu apreciava num rapaz. Era alto, corpo atlético e tinha lindos olhos castanhos. Seu cabelo era castanho claro e seu sorriso, maravilhoso. Imagine um tipo como Matt Dillon vestido num uniforme azul da Força Aérea! Melhor – Dan ainda tinha uma aparência inocente, o que atiçava o meu desejo. Nós ficamos íntimos em pouco tempo e eu lhe pedi que se mudasse da base comigo. Naquela época vivíamos em alojamentos apertados do governo e eu tinha pouca oportunidade de seduzir Dan sem ser pego. Ele concordou imediatamente e nós encontramos um apartamento modesto para alugar. As coisas estavam caminhando da maneira que eu queria.

Eu havia desenvolvido algumas habilidades nas artes da sedução durante a minha estada na Força Aérea – já tinha seduzido vários pretensos heterossexuais e descoberto em mim uma capacidade sobrenatural de "alterar" as suas convicções sexuais. Meu MO (Método Operacional) era bastante simples. Eu apenas revertia o jogo e fazia com que eles dessem o primeiro passo. Dessa maneira os riscos de ser rejeitado ficavam bastante reduzidos. Quase todos os meus encontros sexuais na Aeronáutica se deram com pretensos heterossexuais convictos. Meu método pode parecer inacreditável, mas os resultados falam por si. Resumindo, minha lista de conquistas era longa e notável.

Quando se planeja seduzir alguém, é preciso primeiro verificar se há alguma remota possibilidade de sucesso. Quando alguém não quer ser conquistado, dá sinais óbvios.(Um gancho de direita no maxilar costuma ser uma boa indicação.) Lembre-se: não se arrisque sem necessidade. Ter uma namorada ou ser casado não elimina necessariamente uma pessoa de sua lista de vítimas. Para falar a verdade, isso às vezes pode até facilitar o "abate". O que quer que você faça, dê tempo ao tempo e deixe a natureza seguir o seu curso.

Eu sentia que no caso de Dan havia uma possibilidade de "conversão". Nosso primeiro encontro nasceu de um desafio ocorrido certa noite. Dan mencionou que tinha lutado nos tempos de escola e eu apostei que era capaz de imobilizá-lo. (Na verdade eu sabia muito pouco a respeito de lutas, mas nem sempre a verdade precisa ser 100% verdadeira, não é mesmo?) Dan sempre usava jeans justo. A sua bunda era a mais maravilhosa que eu já tinha visto em toda a minha vida, complementada por um corpo igualmente divino.

O sino soou e a competição teve início. Por sorte, eu tinha o costume de assistir às lutas livres na TV, por isso comecei de modo bastante convincente. Nós entrelaçamos os braços e começamos a forçar um ao outro em direção ao chão. Dan obviamente lutava muito melhor do que eu. Ele me derrubou de costas num segundo. (Não que eu me importasse, é claro!) Ele me prendeu numa espécie de chave de braço invertida e montou sobre mim. O seu pau estava a apenas alguns centímetros de minha boca desejosa. Eu estava sentindo um pouco de dor, mas a visão de sua pica dura dentro de suas calças me reconfortava. Eu podia ver nitidamente o contorno de sua masculinidade intumescida através de sua Levis 501 *stone washed*. Ele parecia não se importar, ou quem sabe não perceber, que eu estava olhando de modo faminto para a protuberância entre as suas pernas. Em vez disso, ele se aproximava cada vez mais da minha boca escancarada. (Era tudo o que eu podia fazer para evitar me afogar em saliva!) A certa altura, eu não consegui mais suportar a tortura – principalmente quando ele esfregou o seu pau nos meus lábios. Meu movimento estava muito limitado pelo modo como Dan me mantinha preso. Eu só conseguia mover a minha cabeça para frente e para trás. Minha cabeça continuava presa entre as suas pernas abertas enquanto eu acariciava o seu imenso caralho duro com a minha boca. Eu fiquei tão excitado que minhas cuecas ficaram completamente molhadas. Comecei a friccionar a sua vara com todo o meu rosto. Eu babava no seu pau ereto como um animal enlouquecido. Seu corpo se movia ritmicamente com a minha boca. Ele estava fodendo a minha cara! A frente de sua Levis estava toda molhada com a minha saliva. Eu fui ficando mais ousado e comecei a gemer suavemente – o que pareceu excitá-lo. De repente ele me agarrou pela nuca e forçou a minha cabeça a mergulhar ainda mais profundamente entre as suas pernas e eu comecei a lamber o seu pau como um gatinho tomando leite.

– Isso, assim – ele gemeu. – Não pare, isso mesmo!

Agora eu sabia que ele estava nas minhas mãos. Ele estava

morrendo de tesão e faria qualquer coisa que eu quisesse. Consegui libertar a minha mão de seu golpe mortal. Só uma, porque a outra estava presa atrás das minhas costas. Com a única mão livre apertei o seu traseiro maravilhoso. Meus dedos sentiram a sua maciez ao traçar a linha do seu rego. Ele sempre tinha me parecido delicioso metido no uniforme azul da Força Aérea, e melhor ainda em seu uniforme branco de cozinheiro. Agora sua bunda perfeita de aviador estava sentada bem em cima de mim. Ele gemeu ainda mais alto e eu comecei a chupar o seu cacete por cima do jeans, como se ele não os estivesse usando. Seu pau cresceu até atingir uns vinte centímetros. Ele era bonito e grosso. Eu passava a mão na sua bunda sexy de cima a baixo enquanto minha boca trabalhava na sua carne virgem. Chupar o seu mastro por cima do seu jeans era muito erótico, mas a novidade logo cansou, e quis sentir a sua carne de homem na minha boca. Comecei a desabotoar o seu jeans lentamente com os dentes. Era uma posição difícil, mas o esforço valia a pena. Quando finalmente abri todos os botões, descobri que ele não estava usando cueca! Não consegui acreditar! Lá estava eu achando que estava abocanhando o último dos virgens e ele não usava cueca! Quem estava seduzindo quem ali? Eu me recuperei do choque e enfiei o rosto no seu jeans aberto. Meu Deus, eu sentia o cheiro de sua carne virgem. Entrei no paraíso! O seu pau era ainda maior do que eu imaginava! Que instrumento perfeito ele tinha!

Eu estava ficando com água na boca de tanta expectativa. Sua carne de aviador estava balançando bem na minha frente. Eu lambi a ponta de seu iceberg, fazendo com que ele endurecesse ainda mais. Passei então a língua lentamente ao longo de seu caralho aumentado, saboreando sua carne inocente de rapaz. Apesar de ter dezenove anos, Dan parecia ter apenas dezessete. Eu nunca havia experimentado um pau tão delicioso em toda a minha vida. Finalmente enfiei todos os seus vinte centímetros em minha garganta sedenta. A princípio, pensei que o seu pau era grande demais para a minha boca, mas logo consegui metê-lo inteiro em minha garganta. Tive certeza de que tinha conseguido engolir tudo quando o meu nariz tocou os seus pentelhos. Ele parecia gostar de ver o seu companheiro de armas chupando o seu pau. Empurrou a sua carne ainda mais fundo na minha garganta. Eu consegui soltar a minha outra mão e baixar o seu jeans. Agora eu podia acariciar a sua bunda lisa. Meus dedos logo encontraram o seu estreito "buraco do amor". Ele tinha o buraquinho mais apertado que eu já havia tocado. Senti que esta seria a melhor trepada da minha vida.

Ele começou a foder a minha boca com uma força cada vez maior. Eu sabia que ele estava no limite e ia esporrar a qualquer momento. Eu nunca tinha engolido porra antes, portanto não sabia o que esperar. De repente ele se empinou todo, gemeu e explodiu bem dentro da minha boca. Sua porra era tão doce que eu não queria perder nadinha. Engoli faminto todo o seu fluido do amor, drenando a sua fonte até a última gota. Ele tirou o seu pau da minha boca e libertou o meu corpo da imobilização em que me havia prendido.

– Você gosta de chupar um cacete, não é? – ele disse rudemente.

– Sim, especialmente o seu – murmurei, sem saber o que ia acontecer. Muitas vezes você faz uma gulosa num heterossexual e ele acaba ficando agressivo depois de gozar.

– Deixe-me ver o que mais você sabe fazer, seu veadinho!

De repente Dan me jogou no chão novamente. Montou em mim e colocou a sua linda bunda bem em cima da minha cara. Essa também era a primeira vez que eu lambia um cu. Minha língua explorou lentamente a fissura entre as suas nádegas. Seu traseiro era celestial e comecei a lambê-lo com total abandono. Minha língua serpenteava por seu botãozinho róseo enquanto ele gemia em êxtase.

– Coma a minha bunda, seu veado filho da puta!

O seu jeito abusado de falar estava me excitando. Enquanto chupava o seu cu, tirei o meu pau para fora e comecei a me acariciar.

– Aí, cara – ele continuou. – Chupa o meu cu de soldado e bate uma punheta!

Eu comecei a gemer mais alto, enquanto minha língua investigava cada vez mais profundamente o seu cu virgem. Espalmei minhas mãos na sua bunda para abri-la ainda mais e enlouquecê-lo de verdade. Que cuzinho róseo mais lindo ele tinha! Ele se sentou sobre a minha cara e eu comecei a comê-lo com a minha língua. Ele estava cavalgando na minha cara e batendo uma punheta. Eu não podia acreditar, a sua rola estava dura novamente! De repente ele parou tudo e me virou.

– Chega dessa lambeção de cu, sua bichinha – ele gritou. – Agora eu vou comer você como um homem de verdade.

Eu não podia acreditar no jeito rude de Dan me tratar, mas àquela altura eu estava pouco me importando. Ele remexeu numa gaveta, pegou um óleo de bebê e o espalhou sobre o seu cacete. Massageou-o até obter uma ereção total e me mandou abrir as pernas. Quem era eu para discutir? Ergui minha bunda e ele a besuntou com o óleo. Antes que eu desse pela coisa, ele enfiou todo o seu trabuco dentro de mim. Implorei para que ele fosse mais devagar, mas ele não diminuiu o ritmo. Ele me fodeu como se não houvesse amanhã. Depois de alguns poucos minutos, a dor desapareceu e eu senti o tesão da coisa. Comecei a me mexer para frente e para trás, enquanto ele me comia de quatro. Eu podia sentir a sua tora imensa deslizando lentamente para dentro e para fora da minha bunda. Eu nunca havia tido um caralho tão grande na minha bunda antes. Estávamos nos movendo como um só corpo e eu estava a ponto de jorrar toda a minha porra pelo chão. Dan avisou que ia gozar. Ele começou a bombear ainda mais rápido e pude sentir o seu leite quente enchendo a minha bunda. Ele continuou a bombear enquanto eu esporrava pelo quarto. Meu Deus, como eu gozei! Na seqüência, nós dois desabamos.

— Você gostou mesmo disso, não foi? — ele perguntou.

— Claro que sim —respondi. — E você também.

— É, acho que sim — ele admitiu. — Para falar a verdade, esta foi a melhor trepada da minha vida. Talvez pudéssemos repetir isto qualquer dia.

— Ora, para que servem os amigos, afinal? — eu disse.

Ambos rimos, enquanto vestíamos nossos uniformes e voltávamos ao trabalho.

Pego de surpresa
Rick Jackson

Eu nunca gostei muito de fazer a ronda. Eu achava aquela vigília uma grande bobagem, por um motivo bem simples: é muito pouco provável encontrar sabotadores a bordo de um contratorpedeiro da Marinha em alto-mar. Alguns ficam enrolando em seus postos e só se apresentam no final da ronda, mas eu procuro circular pelo navio com o meu quarenta e cinco vazio no quadril, em parte para me manter acordado durante a vigília, em parte para garantir que ninguém importante me pegue em flagrante vadiando. Além do mais, nunca se sabe o que pode acontecer de interessante no meio da noite. Nem eu mesmo pude acreditar, no entanto, quando ao escancarar a gaiúta vi dois marinheiros mandando ver na casa da âncora. Doug Smith e Sean Forsythe estavam a bordo havia quase tanto tempo quanto eu, mas eu não tinha me dado conta de que eles eram do babado.

Eu já tinha medido o caralho deles fazia tempo, já que nós compartilhávamos o mesmo dormitório, mas achava que eles eram comedores de bocetas ainda amadores. Além disso, eles não eram os únicos marinheiros que me chamavam a atenção. Eu havia checado cada pica na divisão. Desde o início da missão, cinco longos meses antes, eu não havia feito outra coisa além de memorizar cada cacete e usar essas imagens para obter prazer com a palma da mão pelo menos umas duas vezes por noite. A cobra de Forsythe era uma das minhas favoritas por vários motivos. Ela era mais longa e grossa do que se esperaria encontrar dependurada num menino de apenas um metro e setenta e três. Ele era um recruta louro de dezenove anos e faces angelicais – o sonho erótico de todo garanhão caído por rapazes novos transformado em realidade. O garoto tinha olhos azuis, covinhas, um corpo delgado sem pêlos e uma qualidade especial que lhe valeu o seu apelido: "Prepúcio".

Smith era um marinheiro um pouco mais velho que Prepúcio, mas seu rosto parecia mais jovem por causa de sua pele macia e corada e sua cara de Pimentinha. O cabelo castanho escuro e encaracolado do garoto caía sempre sobre a sua sobrancelha direita. Apesar de ser novinho, os seus cachos românticos, olhos verdes, nariz arrebitado e sorriso hollywoodiano davam-lhe um lugar cativo na minha lista de punheta. A maioria de suas participações especiais acabava com o meu pau rasgando aquela bunda apertada e firme que eu tantas vezes cobicei no chuveiro. O seu mastro era bem bonito de se ver, mas, para falar a verdade, pertencia à segunda divisão. Mole, parecia uma bela e pequena esfera; duro, não chegava a mais do que doze centímetros. Eu prefiro homens musculosos a recrutas que mal têm barba, mas vendo-os ali, com suas línguas e tudo o mais que tinham para fora, senti a minha tora se contrair com uma autoridade que eu quase havia esquecido ser possível.

Eles congelaram quando eu entrei, fechei a gaiúta e passei a chave, trancando a única passagem do recinto. Eu caminhei os dois metros até o rolo de cordas onde eles estavam se divertindo e disse:

– Se as bichinhas resolveram trepar no meio da minha vigília, deviam pelo menos ter trancado a porta.

Eles ficaram envergonhados e nervosos, mas eu os interrompi abruptamente. Não estava a fim de ouvir o papo furado daqueles viadinhos. Eu queria era ganhar um boquete e meter o meu pau numa bela bunda. Suspendi o meu cinto com o coldre, desabotoei a minha calça e deixei que ela caísse no chão. Uma arma escorregou e bateu no meu quadril desnudo enquanto a outra endireitou-se e bateu na cara jovem de Smith. Soldado no quartel quer serviço. Quando eu disse: "Chupa isso aqui, seu puto", ele soube exatamente o que fazer.

Seus jovens lábios úmidos deslizaram pela grande e latejante cabeça da minha jeba como uma chuva fria no deserto, trazendo alívio por onde passavam. Eu fiquei todo molhado, sentindo meu fluido escorrer sob o toque de sua língua áspera. A minha primeira detonada da noite não ia demorar muito. Suas mãos se enroscaram instintivamente ao redor da minha bunda, enquanto seus dedos deslizavam para dentro do meu rego apertado e quente. Aqueles dedos caíram tão bem na minha bunda quanto os seus lábios na cabeça do meu mastro. No início, ele teve dificuldade em manter o seu maxilar aberto o bastante para abocanhar o meu trabuco, mas parecia estar tendo tanto prazer em dar um banho de língua na cabeça da minha cobra que não se preocupou em tomá-la inteira de uma vez só. Minhas mãos passearam pelos seus cachos, deslizaram por seus ombros acetinados e se posicionaram gentilmente em concha sobre suas orelhas enquanto eu fodia o seu rosto com o meu pau.

Quando ele conseguiu encaixar a minha cabeça em seu devido lugar e começou cuidar do resto do meu pau, percebi que Prepúcio se levantou, ficando à parte, boquiaberto de tesão, medo ou surpresa, com a cara exata do recruta que ele era. Mesmo assim, sua mão puxava a pelinha da cabeça do seu cacete para cima e para baixo a todo vapor. Eu não podia admitir uma coisa dessas! Se alguém ia tirar aquele caralho da miséria, ia ser o Ricardão aqui.

Ordenei que ele ficasse de pé sobre o rolo de cordas para que eu pudesse alcançar o seu instrumento grande e úmido. Eu comecei a cuidar dele devagar, chupando seus mamilos duros enquanto ele montava na cabeça de Doug. Então empurrei a sua bunda em direção àqueles cachos e deslizei uma mão sobre o seu saco carregado de porra, esfregando-o sobre a testa de Smith simplesmente porque aquelas bolas combinavam muito bem com aquela cara. Smith não se incomodou nem um pouco de sentir os ovos de seu parceiro batendo contra a sua cara. A gulosa do depravado aumentou quando eu meti a minha rola dura e enfurecida nos tecidos apertados e tenros de sua garganta. Seu nariz batia nos meus pentelhos vermelhos espessos enquanto a minha barriga e a de Prepúcio se aproximavam, esfregando aquele pau lindo, conduzindo-o a um frenesi ainda maior. Finalmente, é claro, a voracidade venceu a criatividade e eu mandei que o filho da puta ficasse de pé para que eu pudesse comer carne de verdade.

A pele de Sean era incrível. Tenra e viçosa, deixando escorrer um claro e doce fluido daquilo que parecia ser uma fonte inexaurível. Eu tentei não pensar nos dedos de Smith dançando nos tecidos contraídos do meu cu enquanto minha língua começava a lamber a base rígida do pau de Sean. Eu pus minhas mãos no seu traseiro para impedir que ele escapasse e mantê-lo estável nas cordas, pois desejava o seu cu quentinho quase tanto quanto desejava a bunda carnuda de Smith.

O corpo de Prepúcio tremeu quando eu passei a minha língua pela cabeça da sua ferramenta como uma faísca elétrica. Enquanto a minha língua descrevia arcos naquela cabecinha macia e suculenta, os meus lábios a chupavam, fazendo com que a minha língua entrasse por baixo da sua pele tenra. Quando a pontinha começou a percorrer todo o espaço entre a pele e a cabeça do seu instrumento que tremia, eu descobri o paraíso. Seu fluido ilimitado se misturou ao seu suor de homem e a uma leve lembrança de seu último mijo, criando um sabor que faria os próprios deuses chorarem de prazer. Eu chupei, lambi e engoli aquela pele até ocupar todo e qualquer espaço que a minha língua pudesse alcançar. A pele deslizou sobre o seu pau como uma capota conversível num lava-carros, expondo a completa glória de seu sabor e cheiro às minhas papilas gustativas. Rendi-me, numa explosão de prazer, à majestade daquele cheiro másculo. Eu já tinha chupado picas não circuncidadas antes e sabia como era delicado expor essa carne ao mundo cruel dos homens mais interessados no seu prazer. Sua fragilidade de recruta, no entanto, era um problema pessoal seu. Meu rosto não lhe mostrou mais clemência do que ele merecia enquanto eu inspecionava e chupava aquela cabeça de pau dançante até ela entrar tão fundo na minha garganta quanto o meu próprio pau estava na de Doug.

Meus dedos se torceram para atiçar o cu de Prepúcio. Seu traseiro se contraía ao redor deles com o jeito de puta desvairada que ele era. Enquanto o seu corpo compacto se agitava para frente e para trás entre a minha garganta e os meus dedos, o depravado começou a gemer, arrulhar e chorar alto o bastante para acordar todos da área. Felizmente para as nossas carreiras, estávamos sozinhos, trancados num recinto de metal construído na proa do contra-torpedeiro. Nem o som de um tiro seria ouvido fora daquele espaço, por isso deixei que ele berrasse o quanto quisesse. Gemidos e gritos de "Oh, caralho" ecoavam de volta das paredes de aço até eu ter a sensação de estarmos num filme erótico de primeira transformado em realidade por um toque de mágica.

Eu estava prestando tanta atenção à chupetinha que Prepúcio estava me fazendo enquanto eu rasgava o seu cu contraído que decolei. Deixei que minhas bolas assumissem o comando. Séculos antes de eu estar pronto, a minha carga disparou na linda boquinha de Doug, jorrando pela sua garganta abaixo. No começo ele engasgou como um dreno obstruído, mas quando parou de tentar respirar e se concentrou em engolir a minha porra por sua goela abaixo, nós nos entendemos. Meus quadris empurraram minha carne de macho pela garganta, forçando tudo o que eu tinha para dentro de suas entranhas. Eu estava certo de que iria esporrar para sempre, jorrando jatos intermináveis da minha porra de marinheiro americano, branca e cremosa, pela pequena e sexy garganta de Dougie. Quando o garoto começou a ficar azul, me senti mais benevolente e provei que era sensível e cuidadoso ao tirar a minha cobra da sua boca. É claro que continuei esporrando até cobrir o seu rosto, mas pelo menos assim ele podia revezar entre engolir a minha porra pastosa e se debater em busca de ar com aquele lindo nariz arrebitado. Uma de minhas mãos se firmou ao redor de sua nuca enquanto a outra deslizou até o saco de Prepúcio, segurando e apertando as suas bolas carregadas de porra o suficiente para que ele tivesse em que pensar além de seu pau enterrado em minha garganta.

Depois de esporrar tudo o que eu tinha nas bochechas coradas de Smith, empurrei-o para afastá-lo de minha jeba. Ele caiu sentado nas cordas, bem atrás da bunda de Prepúcio, resfolegando como um louco. Eu lhe dei alguns poucos segundos para respirar enquanto me concentrava no boquete. Quando finalmente tirei a cara da piroca não circuncidada de Sean, dei algumas lambidas em suas bolas e passei uma ordem rápida para que Smith colocasse a sua cara jovem e charmosa no meu traseiro antes que eu esquecesse da minha tolerância com bichas.

Sua língua e aquele pequeno nariz arrebitado pareciam feitos sob medida para o meu cu. Ter a língua de um cara no meu rabo me deixa fora do ar. Eu poderia apertar o meu cu contra aquela cara chupadora para sempre sem me entediar. Eu sabia, porém, que não devia faltar muito para Sean jorrar o seu amor – ou pelo menos a sua luxúria – pela minha garganta abaixo. Os gemidos e os gritos tornaram-se progressivamente mais altos, os giros dos quadris mais violentos e o seu saco se ergueu a ponto de bater contra o meu queixo a cada bombada depravada. Eu tentei diminuir um pouco a sucção e baixar o caprichoso trabalho de língua a um nível mínimo para que o momento durasse, mas ele já tinha ido muito longe para que se pudesse remediar a situação. Doug só havia chupado a minha bunda por uns três ou quatro minutos quando eu senti Prepúcio gozar. Um jato de fluido adocicou o meu paladar num prenúncio de gozo. Eu segurei a cabeça de Doug para empurrá-la com força contra a minha bunda e pus o polegar no cu de Sean. Quando senti que sua pistola estava em ponto de bala, meu polegar entrou em sua bunda e começou a dançar. Ele já estava gritando e se contorcendo como se estivesse possuído, mas quando o seu buraco se alargou para abrigar o meu polegar, achei que ele ia bater as botas. Eu engoli toda a sua mercadoria até a sua gosma perolada acabar. Detive-me então na base de seu cacete e lhe administrei um banho de língua do qual ele se lembraria para sempre. O meu pau sempre ficava sensível depois que sugavam o meu creme. Eu sabia que a sua carne protegida faria qualquer coisa para escapar ao delicioso tormento que eu lhe impingia. Minha língua deslizou por toda a extensão de seu mastro, meus lábios se moveram para cima e para baixo com firmeza, exaurindo cada terminal nervoso, transformando o jovem Prepúcio, um homem ofegante que havia acabado de conseguir o que desejava, num monte de gelatina que tremia ao receber o que merecia.

 Qualquer um que não fosse depravado de marca maior teria se afogado naquele mar de porra, mas eu consegui engolir tudo e me deliciar com a sua textura cremosa e o seu sabor agridoce. Eu estava feliz como um cachorrão preso num açougue e Prepúcio também não estava reclamando. Quando a sua porra se esgotou, eu o deixei escapar – por mais ou menos um segundo. Então o deitei no convés, encostei o seu peito contra as cordas e enterrei o rosto de Smith no seu rabo. Eu disse: "Coma este marujo, garoto", e Dougie não precisou de mais instruções para entrar em ação. Enquanto aqueles dois guerreiros divertiam-se dando e recebendo, eu abri a bunda de Doug para uma rápida inspeção prévia. Ela era ainda melhor do que eu tinha imaginado nas minhas punhetas: o cu duro, macio, redondo e sem pêlos, como o de um bebê. Sua bunda era um agrupamento de músculos acoplados de modo que cada movimento reverberava como uma brisa por um campo de trigo em Iowa. Minhas mãos massagearam, meteram os dedos e agarraram aquela bunda até eu sentir que explodiria se não fizesse um segundo turno com uma lenta e boa cavalgada naquele cu sexy e rosado.

Meus dedos mergulharam para abrir caminho para a minha tora. Eu girei, provoquei e alarguei o seu cu com um único dedo, depois com dois, e finalmente com quatro. Quando o jovem Smith estava pronto para ser comido profundamente, seus gritos abafados de deleite carnal começaram a escorrer pelo cu de Sean que estava sendo rasgado por sua língua. Todo o corpo de Sean estava vibrando sob o contato da língua viril e jovem de Doug. Eu escorreguei minha cabeça por entre as pernas de Smith para meter seus doze centímetros na minha boca para uma lustradinha rápida. O seu caralho não era nada mau. Fiz planos para explorar a sua ferramenta mais detalhadamente, num verdadeiro trabalho minimalista – mas isso teria que esperar. Assim que seu pau ficou lubrificado o bastante para fazer a felicidade de Prepúcio, eu empurrei a sua cabeça para longe e disse-lhe para comer aquela bunda. Captei um brilho naqueles olhos verdes vorazes antes de ele alojar tudo o que tinha no doce e apertado buraquinho de seu companheiro e mover o seu pau para penetrar onde a sua língua não podia alcançar. O cacete de Doug era um bom treinamento, mas não era grande o suficiente para Prepúcio sentir que estava sendo comido.

Eu recuei e fiquei olhando os dois garotos mandando ver, desejando ter uma câmera. Como não havia uma à mão, usei os meus olhos e a minha memória muito imoral para detalhes. Aquelas imagens se instalaram profundamente em minha mente, onde permanecerão, como um tributo às glórias do sexo, imponentes como o Monte Rushmore, até o meu último suspiro.

Por mais que seja bom ver uma trepada, trepar de verdade é sempre melhor. Eu encaixei a cabeça do meu bráulio no cu aberto de Smith e deixei que os seus próprios movimentos para dentro e para fora de Sean o alojassem na sua bunda. Agarrei as suas bolas duras e apertei suavemente seus mamilos para ajudar a diluir qualquer dor que ele estivesse sentindo enquanto se adequava ao meu tamanho. Em um minuto nós três estávamos batendo estaca como companheiros de toda uma vida. Doug estava comendo Sean a seus pés, de modo que pudéssemos explorar o seu corpo com nossas mãos enquanto Dougie violava o seu cu. Eu revezava, acariciando cada um deles por vez. Os músculos de Doug eram levemente mais definidos e o seu abdômen mais firme, mas os flancos de Sean eram fortes como os de um cavalo selvagem.

Eu tive a idéia sacana de tirar o meu quarenta e cinco descarregado do coldre e deslizá-lo suavemente pela espinha de Doug, tocando-o com a alça de mira. Ele tremeu sob o seu toque duro e frio antes até de saber do que se tratava. Os recrutas são eternos fascinados por armas e Doug não era uma exceção. Ele a pegou e usou o seu cano para provocar arrepios na pele tenra de Sean até eu tirar a arma de suas mãos. Enquanto Doug trepava com Sean, ocorreu-me um melhor uso para aquele cano de aço longo e frio – e eu estava determinado a experimentá-lo mais tarde pela manhã. Por enquanto, optei por uma trepada menos excêntrica. Meus lábios se fecharam ao redor do pescoço de Doug e então, suave e gradativamente, moveram-se até o lóbulo de sua orelha. Smith seguiu o meu exemplo e usou os seus lábios e a sua língua no jovem Sean, enquanto nós tremíamos e nos debatíamos para frente e para trás, para dentro e para fora. Apesar da ventilação, ficamos suados como se estivéssemos num banho turco, mas o suor que escorria de nossos corpos em pleno cio só fazia com que deslizássemos e colidíssemos ainda melhor uns contra os outros.

Eu deslizei minhas mãos pela carne molhada, nua e vibrante de Doug até as suas coxas para puxá-lo para trás em direção ao meu instrumento e fazê-lo sentir a bunda de Sean bater contra nós. Nenhum de nós estava no comando. Doug tentou alcançar a minha arma – o quarenta e cinco, dessa vez. Ele já estava com todas as minhas outras. Eu bati na sua mão, lhe disse para ser um bom menino e levei a sua mão do meu coldre de volta para o meu traseiro nu e latejante. Nossa trepada frenética instigou a nossa paixão e nos levou para alturas que nem mesmo eu havia alcançado antes. Não eram apenas os cinco longos meses de punheta que tornavam aquela hora juntos tão perfeita. Não era porque os corpos que se batiam contra o duro e viscoso eixo do meu pau eram jovens e saudáveis e estavam debutando nas delícias do sexo entre homens. Não era nem mesmo o caráter proibido de uma trepada entre marujos a bordo de um navio que provocava a nossa febre. Tudo isso contava, é claro, mas o aspecto mais glorioso de todos era que eu tinha finalmente encontrado almas irmãs. Eu sempre soube que tinha companheiros no mar. Com trezentos e cinqüenta cus a bordo, era fácil concluir, até mesmo por pura e simples estatística, que havia dúzias deles ansiando por uma pica rígida. Mas as estatísticas não são lá um grande conforto quando se está numa missão de seis meses para o Golfo. Agora eu tinha vencido as besteiras da Marinha e encontrado aquilo de que precisava. Nossos mastros sabiam que a missão – e de resto todo o nosso tempo a bordo – seria muito diferente a partir de agora. Nós não iríamos mais ficar nos lamentando enquanto os outros marinheiros saíam para comer as mulheres dos portos da Ásia. Nós não precisaríamos caçar garotos de programa. Aqueles dois corpos que gritavam sua admiração pelo meu pau poderiam me manter ocupado por anos.

Quando me movi um pouco para mudar o meu ângulo de entrada, alcancei a próstata de Doug e usei isso em meu proveito. Eu alternei golpeá-la na entrada com tocá-la, com estocadas mais firmes para cima. Tentei variar o meu ritmo, mas com a necessidade animal guiando os três, não demorou para que deixássemos de ser elegantes e permitíssemos que os nossos corpos assumissem o controle da situação. Um instinto mais antigo do que nossa própria espécie guiou nossas pirocas e buracos enquanto eles se batiam mais fortemente, encontrando cada descoberta com um tremor de prazer e um grito de êxtase.

A primeira coisa da qual me lembro depois que a escuridão clareou e os fogos de artifício pararam de espocar foi ouvir algum cabeça oca gritar todas as obscenidades conhecidas. Era a minha própria voz, que tratei de calar assim que pude, porém a essa altura a minha segunda carga de porra já estava fluindo do cu lotado de Doug enquanto ele gozava dentro de Sean. Nós três provavelmente ainda balançamos para a frente e para trás por mais uns cinco ou dez minutos depois de esporrar. Só sei que minhas bolas e coxas estavam pingando de creme quando eu me lembrei de checar as horas. Desejava mais do que tudo ficar naquele rabo para sempre – ou pelo menos até que eu pudesse escancarar Prepúcio o bastante para que ele pudesse alojar o meu enorme cacete, mas não era possível. Pelo menos não agora. Eu já estava vinte minutos atrasado e, a menos que me apresentasse na ponte de comando em passo rápido, iria provocar um alerta de segurança que me deixaria na cadeia. Vesti meus quadris cobertos de porra com as minhas calças, ajustei o meu cinto com o coldre e destranquei a gaiúta. Virei mais uma vez para trás quando já estava saindo e, vendo os jovens marujos nus, ordenei que ficassem a postos. Eu voltaria em cinco minutos e mostraria a eles como é que homens de verdade trepam.

Passei muito tempo mostrando a eles tudo o que eu sabia. Eles aprenderam rápido. Mas, afinal, a prática leva à perfeição.

Feliz descoberta
Rick Jackson

Quando os EUA fecharam a base naval da Baía de Subic, uma era chegou ao fim. Durante quase um século, os marinheiros e fuzileiros navais dos EUA puderam fazer o que bem entendessem lá dentro – e geralmente faziam. O Subic era maravilhoso. Fora os dias em que estava de serviço, eu tinha saído todas as noites desde que o navio tinha atracado no porto, mas as bebedeiras e as trepadas com putas na companhia de meus amigos não tinham aliviado o comichão no meu pau e nas minhas bolas. Ao contrário, tinham deixado o meu cacete mais duro ainda. Eu tinha acabado de fazer uma roleta com os mecânicos de bordo e devia estar satisfeito. Roleta, no caso de você não saber, é um grupo de dez ou doze marinheiros reunidos ao redor de uma mesa alta enquanto algumas garotas fazem uma gulosa por baixo dela. As garotas dão o melhor de si e o primeiro marinheiro que jorra sua carga viscosa de porra paga a rodada.

Eu sempre tive bastante autocontrole, portanto esperei até ver os olhos de Adam Brokus revirarem para deixar rolar. Não sei como eu ainda tinha porra depois daquela semana, mas a garota ficou impressionada. É bem verdade que as roletas roubam o lado romântico do sexo, mas é ótimo beber uma cerveja num bar com caras que você conhece mais do que a um irmão enquanto piranhas profissionais mamam nas suas bolas até extrair a última gota. Suponho que você chame isso de chauvinismo. Talvez devêssemos sugerir a Bill Clinton que experimentasse mais essa modalidade.

Eu tinha dividido um quarto com um outro piloto e um cadete numa viagem recente a Manila e trepado como nunca. Eu via as suas camas da minha e podia, portanto, acompanhar as suas bundas se contraindo enquanto socavam os seus caralhos duros repletos de porra nas apertadas e suculentas fissuras abaixo deles. O som de nós seis gozando ao mesmo tempo era impressionante. O sexo nunca mais foi o mesmo depois disso. Algo ficou eternamente faltando. E eu tinha que descobrir o que era ou esfregar a minha piroca até morrer tentando.

Enfiei o meu pau de volta para dentro do jeans, paguei uma outra rodada de cervejas para os rapazes e fui embora. Decidido a mandar tudo à merda e caminhar de volta para o porto, vi um fuzileiro olhando para mim da varanda do Blow Heaven. Uma sensação estranha e confusa no fundo da minha barriga me fez lembrar da porra toda que eu tinha disparado dentro de Tina enquanto olhava as bundas de meus colegas bombeando em Manila. Por algum motivo, aquele fedelho me trouxe de volta a sensação maravilhosa de esporrar e me virar para deixar que os outros olhassem enquanto ela lambia a porra do meu pau e de minhas bolas. Eu sabia que no segundo andar de cada uma daquelas casas havia machos mandando ver em buraquinhos quentes, livres de qualquer conceito moral, mas parecia que não havia jeito de eu participar da festa. Inseguro quanto a provocar ou não o meu não identificável, porém persistente, desejo, concluí que a melhor pedida era dar mais um tempo antes de voltar para o navio – só para ver se rolava alguma coisa.

Caminhei lentamente até a varanda do bar, sentei, pus os meus pés sobre uma cadeira e, fazendo um aceno para o fuzileiro, disse à garota que trouxesse duas cervejas. Ele se aproximou e sentou-se junto de mim, fazendo um meneio de cabeça em agradecimento. As cervejas iam e vinham, enquanto nós conversávamos aleatoriamente sobre isso e aquilo, como fazem os conterrâneos que se encontram no estrangeiro e não têm muita coisa em comum. Descobri que ele se chamava Gerry e era cabo. Eu lhe contei que o meu nome era Rick, qual era o meu navio e pulei os detalhes a respeito do meu posto.

Sem saber ao certo como prosseguir, tentei fazer a conversa girar em torno de sexo, torcendo para que ele concordasse em dividir uma puta comigo. Passamos as duas horas seguintes nos embebedando cada vez mais e depois tomamos o caminho de volta para a cidade. Quando chegamos na Rizal Avenue, num bar chamado

Porky's, eu já estava para lá de Bagdá. As garotas não admitiam um não como resposta, persistentes como só as garotas dos bares asiáticos sabem ser, e estavam começando a me encher o saco. Eu disse a Gerry que estava na hora de eu pegar um jipe para voltar para o porto. Eu levaria provavelmente uma hora até Cubi, onde estávamos atracados, e já era uma da manhã. Ele sugeriu que alugássemos um quarto por cinco dólares e passássemos a noite lá até as seis. Os ônibus só começavam a rodar a partir das seis e meia e nós chegaríamos com tempo de sobra para a inspeção. Não só a viagem pela manhã seria mais rápida como o dinheiro poupado no táxi pagaria o quarto. Eu tive que admitir que a idéia parecia sensata e o mandei para o outro lado da rua alugar um quarto enquanto eu terminava a nossa birita.

Depois de pagar a conta e mijar, atravessei a rua cambaleando. Ele estava esperando na porta com a nossa chave. Segui a sua bunda escada acima e nem mesmo me toquei quando ele sugeriu que eu tomasse uma ducha para que não precisasse me preocupar com isso na manhã seguinte. Eu tinha estado fora da base, exposto à sujeira das ruas filipinas, tempo suficiente para me sentir nojento, portanto lavei o esqueleto e desabei na cama, enrolado numa toalha, enquanto Gerry tomava o seu banho.

Comecei a ter o sonho erótico clássico de todo garotão. Eu era o protagonista de um show de sexo e a minha rola escorregava para dentro e para fora do melhor buraco que eu já tinha sentido na vida, enquanto certas mãos faziam maravilhas com o meu cu e dúzias de pessoas ávidas assistiam aos tormentos de deleite do meu parceiro. Eu acordei num sobressalto. Nas outras duas vezes em que tivera sonhos como esse, acordara com meus lençóis e barriga encharcados de vitalidade confinada, mas isso já não acontecia havia muito tempo, na verdade desde que eu decidira, aos quinze anos, que a masturbação era uma alternativa moralmente aceitável e muito melhor para os lençóis do que ignorar as minhas necessidades.

Dessa vez os meus quadris estavam esfregando o meu pau contra a colcha num esforço sobre-humano, mas a umidade estava atrás de mim. Havia algo estranho, mas decididamente maravilhoso na minha bunda. Levei um segundo para entender onde estava e, quando entendi que o instrumento do meu prazer era a língua de Gerry, acordei de vez e fiquei muito puto. Fui para cima dele como um completo babaca – eu não era uma bicha, ele tinha sorte de eu não entregá-lo e chutar o seu cu de veado para fora da corporação. Eu queria trepar na companhia dele, e não com ele. Quer dizer que só porque ele havia pago o quarto podia me traçar? Eu continuei gritando frases ridículas similares enquanto ele se deitou de costas e sorriu para mim.

Apesar de estar estrilando, eu tinha que admitir que o toque de sua língua tinha sido muito bom. Ele era um tipo clássico de fuzileiro – bem dotado, de ossos grandes e cabelos cortados bem rente. Ele tinha por volta de um metro e noventa, braços, ombros, pau e bunda musculosos. Sua barriga dura e o pêlo castanho densamente emaranhado que descia do seu peito eram extremamente excitantes. E havia ainda a grande surpresa: um imenso, ereto e não circuncidado monstro marinho. Seu rosto também era bonito: um queixo grande, belos olhos verdes e o sorriso amigável que eu tinha visto do lado de fora do Blow Heaven – mas era o corpo que me atraía.

Eu estava aborrecido com a sua reação, mas ainda mais irritado por ter agido como um reacionário caricato em vez do liberal tolerante que eu gostava de fingir que era. Afinal, por que eu não deveria experimentar? Eu tinha ficado de pau duro desde que vira meus colegas marinheiros trepando. Sabia que não podia deixar que eles soubessem como eu ficara excitado. Eu queria alguma coisa diferente e o toque daquela língua no meu traseiro era o que a vida tinha de mais diferente para me proporcionar no momento.

Eu desisti de vestir o meu jeans, me deitei de bruços e disse-lhe para ficar à vontade – mas que eu cortaria as suas bolas se ele abusasse. Ele deu aquele mesmo sorriso silencioso e irritante e voltou a passar a sua língua sobre o meu rabo. Eu fiquei ali deitado, meio dormindo, meio bêbado e muito fascinado pela língua dançando ao redor e para dentro do meu cu. Nervos que eu nem sabia existirem criaram vida e espalharam bem-estar sobre todo o meu corpo. O meu caralho latejou contra o colchão até Gerry me virar para colocar os meus vinte e três centímetros em ação. Sua língua experiente cobriu a minha ferramenta com saliva e deslizou pela substância pegajosa, provocando uma ereção que fez o meu pau parecer a Torre Eiffel.

Quando a cabeça começou a pulsar e o meu saco a levantar, ele foi até as minhas bolas, metendo uma por vez dentro da sua boca, apertando-as suavemente, preparando-as para o que vinha a seguir. Ele voltou para a cabeça pulsante do meu pau até o meu saco voltar a subir. O depravado levantou as minhas pernas e foi violar a minha bunda com sua língua. Naquela época eu ainda não conhecia todas as nuances da arte de chupar um cu, mas não tive dúvida de que aquela língua sacana era muito mais talentosa do que se poderia esperar de alguém tão jovem.

Levado pelo prazer e pelos desejos que vinham me torturando havia tanto tempo, eu deslizei para baixo, para colocar a minha boca em seu mastro clássico. Ele foi em frente com a sua língua, despreocupado, enquanto eu cheirava a fissura da cabeça da sua pica. Eu nunca tinha sentido um cheiro nem remotamente tão bom – em parte de xixi, em parte de sabonete, mas o melhor, um misterioso e ancestral cheiro de masculinidade. Deixei que minha língua descobrisse o seu pau duro e liso e as bolas enormes na base do Monstro para finalmente pressionar a minha língua contra a pele, quase cobrindo a sua uretra.

Seu sabor era estranho. Eu nunca tinha experimentado o gosto de uma rola antes, mas aquilo não era como eu pensava que fosse. Isso era incrível – a descoberta do século! Primeiro a roda, depois a eletricidade, em seguida a física quântica e agora o pau de Gerry! Eu chupei a cabecinha tanto quanto pude e passei a língua sob a sua pele. Enquanto a minha língua serpenteava entre a cabeça e a pele, seu pau másculo e cheiroso vibrava em minha boca. A ânsia por mais me fez ir mais fundo, mas logo fiquei impossibilitado de seguir adiante. A pele esticada e apertada ao redor da glande não escorregava mais. A sua pica era grande demais para o prepúcio. Enquanto me esmerava na arte de chupar, pressionado pelo ensinamento cruel de seus quadris, tentei puxar a cobertura para trás para revelar o Monstro cheio de glória, mas não houve como. Sua cabeça estava eternamente escondida do mundo, a pele ocultando a maior parte da maravilha recém-descoberta que eu agora tanto desejava. Depois de chupar o quanto consegui alcançar, tive que abraçá-lo apertado em meus braços e mostrar o quanto estava grato – para mostrar o quanto eu tinha aprendido.

Eu virei aquele homem glorioso e o puxei para mim. Ele se deitou por cima de mim enquanto nós esfregávamos os paus duros como ferro contra a barriga um do outro. Quando eu passei a minha língua pela dele, ele sentiu seu próprio gosto e chupou a minha língua como se ela fosse o seu caralho repentinamente ao seu alcance.

Nós nos abraçamos por alguns minutos e nos beijamos, deixando nossas mãos descobrirem lugares secretos. Chupamos orelhas e mamilos, lambemos flancos como se fôssemos gatos, descobrindo novos caminhos em nossos corpos. Ele explicou que o seu cacete estava lacrado havia anos – daí seu cheiro maravilhoso. Ele não sabia se era por causa de alguma infecção na juventude ou se ele já tinha vindo assim da fábrica, com uma chapeleta pequena demais para o resto de seu equipamento de tamanho extragrande.

Enquanto esfregava o seu pau entre as nossas barrigas, ele me confessou que o prepúcio doía muito quando ele tentava trepar. O único jeito que ele conseguia gozar era esfregando na barriga ou se masturbando. Ele pensara em pedir para a Marinha fazer uma circuncisão e pediu o meu conselho. Eu ansiava por ver o seu pau completamente exposto, devido à maneira como o órgão inchado se apertava no tecido tenro do capuz, mas eu lamentaria a perda de seu perfume.

Eu o puxei para um abraço ainda mais apertado, trazendo a sua bunda firme para mais perto de mim. Deslizei o meu dedo médio molhado de cuspe no seu cu e o instrumento de Gerry engatou a primeira. Ele se retorceu entre o meu dedo e a minha barriga até eu sentir a sua arma encapuçada explodir em porra represada sobre nossas barrigas. Enquanto o meu dedo explorava o seu cu à procura de novas descobertas, seus quadris continuaram a manter os nossos corpos, agora molhados e escorregadios, juntos pelo que pareceu uma eternidade. Ele cravou os dentes em meu pescoço até o movimento frenético de seus quadris desacelerar e finalmente parar. Nós ficamos deitados em silêncio por um momento até que ele me deu um longo beijo – um beijo de gratidão e amizade e não da luxúria animal que ele tinha sentido antes.

– Agora – ele disse, enquanto eu tirava o dedo do seu cu –, quero que você descubra o que é trepar de verdade.

Ele se virou num salto, deitou de costas, ergueu as suas pernas e me disse para tomar uma atitude. Eu tive que me deter por um segundo para lamber a porra dos pêlos que cobriam a sua barriga e dar ao seu pau ainda duro uma outra boa lavada. Eu sabia, no entanto, que era isso que eu tinha desejado subconscientemente. Levantei as suas pernas, encaixei o meu trabuco grudento de porra no seu cuzinho e coloquei as mãos ao redor de seu pescoço. Seu traseiro se ergueu um pouco quando minhas mãos me puxaram para cima para olhar para aqueles lindos olhos verdes. Quando a minha cobra irrompeu no secreto e apertado calor de seu túnel, eu me senti em casa. Naquela noite, perdi a minha virgindade de verdade. As trepadas e chupadas com tantos corpos de mulher tinham sido legais, mas não compensatórias – apenas um prelúdio para a verdadeira descoberta que ainda estava por vir. Estar assim, fundo em sua bunda enquanto ele rebolava contra os meus quadris em vaivém, era mais satisfatório do que desfrutar de todo um harém. Eu havia descoberto finalmente, sem a menor sombra de dúvida, que a verdadeira satisfação viria somente nos braços de um outro homem. Eu me senti elevado a um plano em que nunca havia estado antes. O bem-estar que Gerry tinha criado com a sua língua ficou cada vez maior, até que a minha consciência foi arrebatada por uma combustão de puro desejo e harmonia. Não sei se o transe durou horas ou segundos. A única lembrança que tenho é de olhar para o rosto sorridente de Gerry e amá-lo mais do que eu já tinha amado qualquer outro ser humano. De repente o meu pau assumiu o controle do meu corpo e explodiu nas entranhas de Gerry, jorrando jato após jato cada vez mais fundo, compartilhando a minha substância, fazendo um só de nós dois. Talvez eu tenha desmaiado. A próxima coisa de que me lembro é de estar deitado prostrado com a língua de Gerry lambendo os fluidos da minha tora.

Nós descansamos mais um pouco, enrolados nos braços um do outro por mais ou menos uma hora, dormindo um pouquinho, compartilhando nossos passados e sonhos, mas principalmente amando simplesmente. Quando chegou a hora de partirmos, fizemos um sexo mais frenético e mais violento e seguimos para uma lenta e preguiçosa ducha. Descobri um hematoma imenso no meu pescoço, que sem dúvida provocaria piadinhas a respeito dos pugilistas à solta nas Filipinas.

O pracinha Joey
J. R. Mavrick

Eu sempre me interessei por arte dramática. Na verdade, me apresentei pela primeira vez na tenra idade de onze anos na peça *Um conto de Natal*, de Charles Dickens, fazendo a personagem de Tiny Tim. Eu me envolvi com o Clube de Teatro durante todo o primeiro grau e cheguei a me tornar seu presidente no meu ano de formatura. Fui também eleito para o Hall da Fama dos Formandos pelo meu trabalho com o Clube. Era natural, portanto, que eu prosseguisse com essas atividades no Exército. Eu havia participado de alguns poucos esquetes cômicos na Alemanha, mas a minha verdadeira ambição era montar o meu próprio grupo. Minha base na Alemanha, no entanto, já tinha uma companhia de teatro estabelecida.

A segunda missão que tive na Força Aérea me levou até os Países Baixos, ou Holanda, como é mais conhecida. Minha nova base ficava a menos de quatro horas da antiga na Alemanha, portanto eu tinha bastante oportunidade de visitar os meus "companheiros" nos fins de semana. Esta base era bem menor do que a outra e tinha menos de cento e cinqüenta oficiais alistados. Na minha base antiga havia milhares de pessoas alistadas. Não havia nenhum programa de teatro no Serviço Especial. Eu sugeri começar uma programação teatral e o comandante aceitou a proposta com muito entusiasmo. Ele na verdade me deu carta branca. Distribuí panfletos por toda a base e tive uma receptividade incrível em relação ao projeto. Nós escolhemos uma comédia de Neil Simon chamada *A favorita de Deus* como nossa primeira montagem. Então decidimos apresentá-la num teatro.

Nós praticamos e ensaiamos durante meses e a peça foi um grande sucesso. Teve uma ótima resposta do público e levantou bastante dinheiro para a base. Fizemos três apresentações lotadas, vistas por praticamente todas as pessoas da base, sem falar nas celebridades de bases maiores. Foi uma verdadeira vitória para mim, porque eu fazia o segundo papel principal e também dirigia. Mais de cinqüenta pessoas contribuíram para o sucesso da peça, com dinheiro, móveis etc. A mulher de um oficial, uma artista profissional, até pintou os nossos cenários. Poucas semanas depois de nossa última apresentação, telefonaram-me da Alemanha perguntando se o nosso grupo estava interessado em participar de um festival de teatro. A competição ia ser em Bitburg, a uns quarenta e cinco minutos da minha antiga base. Vinte bases estavam registradas para comparecer ao evento. Pensei imediatamente na abundância de carne militar que estaria presente. Como a maior parte dos homens de teatro, a maioria seria de veados como eu.

Eu e meu grupo chegamos para a abertura da competição com três horas de antecedência. Havia pelotões inteiros de aviadores tesudos espalhados pelos corredores enquanto nós descarregávamos o nosso ônibus. Vi muitos jovens oficiais bonitos e tive a sensação de que aquele seria um festival do qual eu não me esqueceria tão cedo. Fomos encaminhados rapidamente para os nossos quartos de hotel e ficamos livres para fazer o que quiséssemos pelo resto da tarde. Decidi tomar um ônibus até um lugar que eu tinha freqüentado muito – um velho posto da Esso. Esse lugar era conhecido no círculo gay da minha última base como "chupa rápido" porque havia lá um famoso buraco que todos os soldados locais usavam para receber serviços de manutenção. Eu não ia lá havia mais de um ano, portanto não tinha certeza se ele ainda existia. O ônibus me deixou a mais ou menos um quarteirão do posto. Fui para o banheiro e fiquei aliviado ao encontrar o buraco infame ainda intacto. O círculo tinha sido cuidadosamente aberto na divisória entre as duas cabines. As duas portas estavam abertas e eu escolhi a da direita. Entrei e fiquei à vontade. Eu estava lá sentado fazia menos de dois minutos quando ouvi a porta ranger ao ser aberta. Ouvi passos pesados de botas de combate. A porta do banheiro ao meu lado se fechou suavemente e eu espiei através do buraco da chupação para ver se aquele era um cliente em potencial. Logo notei as calças de camuflagem do Exército. Ele meteu a mão impacientemente na sua braguilha e lentamente botou o seu pau não circuncidado para fora. Sua pele era escura e eu concluí que ele provavelmente tinha ascendência espanhola. Ele massageou provocadoramente o seu membro meio duro enquanto eu meti a minha língua pelo buraco. Ele passou o seu dedo pela minha língua molhada e eu chupei o seu dedo como se ele fosse um pau duro. Recuei um pouco, quando ele passou a sua pica enorme pelo buraco. Ele tinha uma vara muito grossa, que ocupava quase todo o buraco. Havia fluido escorrendo da glande inchada. Botei os meus lábios macios rapidamente ao redor dela e sorvi cada gota. Enquanto eu chupava o seu mastro enorme, meus dedos começaram a atiçar as suas bolas peludas, que estavam suspensas através do buraco. Ele começou a empurrar os seus quadris fortes para a frente e para trás, enquanto eu engolia a sua carne, centímetro por centímetro. Eu abri o zíper do meu jeans apertado, botei minha piroca dura de vinte centímetros para fora e comecei a tocar uma punheta enquanto dava a este pracinha cheio de tesão a chupada da sua vida. Eu abri mais a minha boca e meti o seu caralho ainda mais fundo na minha garganta sedenta. Senti que ele estava no limite e que ia soltar seu jato quente em minha garganta a qualquer instante. Agarrei o seu pau endurecido e comecei a bombeá-lo tão rápido quanto podia enquanto ele fodia a minha boca. Ele gemeu alto, jogando-se para trás, e esguichou o seu creme na minha garganta e no meu rosto. Eu lambi faminto a sua jeba, tentando capturar o máximo possível de seu néctar. Depois de descarregar em meu rosto, ele retirou o seu trabuco satisfeito e foi embora tão rápido quanto chegou (ao clímax!).

Havia um buraco para espiar, mais ou menos do tamanho de um níquel, encravado na porta do banheiro em que eu estava sentado. Olhei através da abertura estreita para descobrir se havia mais alguém a quem oferecer os meus serviços orais. Eu tinha um puta tesão em trepar com desconhecidos porque a excitação era inacreditável. A intensidade da caçada me deixava louco. De repente ouvi o rangido da porta principal se abrindo novamente, espiei pelo pequeno buraco e vi entrar um oficial alto, de cabelos escuros, usando o uniforme azul da Força Aérea. Seus cabelos eram tão escuros quanto os seus olhos negros e ele tinha aquele ar inocente que me deixava doido. Achei que ele era italiano por causa de seus traços morenos. Apesar de não poder ver muito bem, percebi que ele estava em ótima forma. Mais, dava para ver o seu membro duro sobressaindo do uniforme azul apertado. Ele caminhou cuidadosamente até o banheiro ao meu lado e trancou a porta. Abriu o zíper das calças e tirou para fora o seu pau cheio de tesão. Ele era comprido e fino, com uma cabeça larga como um cogumelo na ponta. Ele deslizou a sua cobra sedutoramente pelo buraco da glória. Seu pau era bem bonito e eu mal podia esperar para sentir o seu sabor. Eu passei a minha língua pela ponta de sua masculinidade e senti o sabor dos doces fluidos orgânicos que escorriam de sua pistola sexual alongada. Ele gemeu suavemente quando eu alojei a cabeça de sua ferramenta latejante em minha boca. Apertei a base do seu pau com tanta força que as veias ficaram claramente visíveis. Ele começou a mover seus quadris para a frente e para trás enquanto eu chupava o seu caralho italiano.

– Isso, cara, chupa – ele gemeu em êxtase.

Sua voz sexy me excitou de verdade e eu chupei a sua carne aeronáutica tão rápido quanto fui capaz. Comecei a gemer alto enquanto ele penetrava a minha boca com a sua pica imensa. De repente ele parou, tirou o seu caralho da minha boca cheia d'água, virou-se e colocou o seu cu sedento por sexo na frente do buraco. O seu olho róseo estava me encarando do centro de sua fenda sem pêlos.

– Come o meu cu, sua bicha! – ele ordenou.

Eu tracei o contorno de seu buraquinho pulsante com minha longa língua.

– Isso, cara – ele disse suavemente. – Enfia essa língua quente no meu cu.

Eu me apoiei nas paredes laterais do banheiro e comecei a comer a sua bunda militar para valer. Ele começou a rebolar de um lado para o outro enquanto eu enfiava a minha língua cada vez mais fundo, explorando o seu cuzinho como se estivesse garimpando atrás de ouro.

– Que tesão! Você sabe como comer um cu!

Eu enterrei o meu rosto o mais fundo que consegui no seu cu. Meu rosto estava praticamente enfiado no buraco da glória, enquanto eu dava um trato no seu canal com a minha língua. Abaixei minha mão direita e comecei a tocar uma punheta enquanto mantinha o meu equilíbrio com a esquerda. Não há nada como comer uma bunda quente e alistada e tocar uma punheta ao mesmo tempo. Ele de repente tirou o seu cu do lugar, curvou-se e me olhou nos olhos.

– Agora é a sua vez, cara. Estique o seu cacete por este buraco que eu vou te mostrar como um macho faz um boquete.

Eu me levantei imediatamente e meti a minha rola de vinte centímetros pelo buraco circular da glória. Ele me provocou passando sua língua quente pela cabecinha inchada e eu quase gozei na hora. Colocou sua mão na base do meu pinto duro e começou a me chupar como um verdadeiro profissional. Eu me apoiei contra as paredes mais uma vez e comecei a empurrar os meus quadris estreitos para frente e para trás. Ele enfiou o meu pau inteirinho na garganta e eu pude sentir o seu nariz quente nos meus pentelhos. Eu estava comendo a sua boca aberta como se fosse um cuzinho virgem e apertado. Ele tirou sua boca ardente do meu pau e ordenou que eu me virasse. Eu girei rapidamente e coloquei o meu cu no buraco. Meu corpo tremia enquanto ele explorava o meu canal do amor. Ele passou a língua ao longo do meu rego e eu comecei a bater uma punheta mais rápido ainda. Sua língua experiente serpenteava pela minha bunda e eu pensei que fosse gozar a qualquer instante. Tentei não me masturbar mais porque queria que esse momento durasse para sempre. Ele parou de lamber o meu buraquinho e se levantou.

– Você já deu o cu num buraco da glória?

– Não – eu murmurei, excitado demais para dizer qualquer outra coisa.

– Bem, hoje é o seu dia de sorte.

Ele esfregou a cabeça de sua cobra contra o meu cu úmido. Foi maravilhoso quando ele introduziu a sua pistola no meu orifício faminto. Ele foi entrando e saindo até enterrar o seu mastro completamente na minha bunda.

– Isso, cara – eu gritei. – Me coma!

Ele botava e tirava o seu pau duro como uma rocha com suavidade, enquanto eu o cavalgava como um cowboy enlouquecido. Ele só ficou ali, parado, enquanto eu me empalava em sua vara enorme.

– Cavalgue este pau, cara! – ele gritou.

– Me fode. Me come mais forte.

Ele estava me comendo com tanta força que a cabine do banheiro estava literalmente balançando. Eu anunciei alto que ia gozar e ele meteu na minha bunda com mais força ainda. Eu bombeei o meu pau mais rápido e esporrei por todo o banheiro. Foi porra por toda parte, nas paredes, nas privadas, no chão. Ele tirou o seu caralho do meu cu satisfeito e meteu a sua carne de volta pelo buraco da glória e avisou que também estava gozando. Eu me ajoelhei enquanto ele soltava um tremendo jato na minha cara e dentro da minha boca. Eu serpenteei a minha língua pela sua tora e senti o sabor de seu creme quente e dos fluidos do meu próprio cu. Apertei o seu cacete e o enfiei na boca enquanto ele jorrava o resto de sua porra. Quando terminei de lavar o seu pau, ele o tirou.

– Como é o seu nome afinal? – eu perguntei.
– Joey.

Esta foi sua única palavra e depois ele foi embora antes que eu tivesse tempo de perguntar qualquer coisa. Limpei todo o esperma do meu rosto e me vesti rapidamente. Dei uma olhada no relógio e descobri que estava atrasado para a minha apresentação de teatro. A peça tinha acabado de começar! Para a minha sorte eu não estava nas duas primeiras cenas, portanto talvez conseguisse chegar a tempo se pegasse um ônibus bem rápido. Saí do posto Esso e corri até o ponto de ônibus. Cheguei junto com o ônibus e consegui chegar à base bem no final da segunda cena. Nosso patrocinador estava um pouco irritado comigo, mas também estava aliviado por eu ter chegado antes que fosse tarde demais. Quando a terceira cena começou, entrei pelo palco e fiz uma de minhas melhores performances. Eu estava dando a minha fala quando aconteceu de eu olhar para a primeira fila de espectadores. Na poltrona diretamente à minha frente estava um rapaz alto de cabelos escuros e aparência italiana, com um sorriso desconcertante em seu rosto. Eu não podia acreditar. Ele também estava no festival de teatro! Eu quase saí do personagem quando vi o seu belo rosto. Ele era até mais bonito do que eu tinha pensado. Depois da peça, algumas pessoas do público vieram parabenizar a nossa trupe. Joey veio diretamente até mim, olhou-me direto nos olhos e me deu um aperto de mão bem firme.

– Bem, esta foi a sua segunda melhor performance do dia – ele riu.

– Cara, não pensei que fosse vê-lo de novo!
– Desapontado?
– Definitivamente não.

— Por que não vem comigo até o meu apartamento? Eu moro fora da base. Poderíamos continuar de onde paramos.

Fomos rapidamente até o seu carro, que estava estacionado do lado de fora do auditório. Chegamos ao seu apartamento em menos de cinco minutos.

— O que acha do lugar? — ele perguntou ao chegarmos na entrada de seu edifício.

— Muito legal. Você mora sozinho?

— Sim. Infelizmente, o buraco da glória lá do posto é a única agitação que temos por aqui. Eu não sou muito ativo no mundo gay, por isso prefiro sexo anônimo.

— Então por que estou aqui? — perguntei.

— Bem, você é diferente. Eu nunca fui tão longe com alguém no posto Esso. Normalmente dou só uma chupadinha rápida e caio fora, mas dessa vez fiquei realmente a fim de mais.

Ele me beijou suavemente nos lábios e correu seus dedos ternos pelo meu peito. Enquanto me beijava mais, começou a desabotoar a minha camisa, fazendo com que os meus bicos endurecessem. Rapidamente tirou a minha camisa e começou a beijar o meu pescoço delgado até os ombros. Eu estava completamente hipnotizado pela sua beleza e gentileza e fiquei lá simplesmente parado enquanto ele controlava o meu corpo. Começou a chupar o meu mamilo esquerdo enquanto apertava o outro com os seus dedos fortes. Abri lentamente o zíper do meu jeans enquanto ele mamava no meu peito como se eu o estivesse amamentando. Quando baixei o meu jeans apertado, o meu pau já estava quase perfurando a minha cueca. Joey correu suas mãos pela minha roupa e as tirou sedutoramente. Ele passou o seu nariz pelo meu trabuco duro enquanto inalava o perfume de minha masculinidade. Correu a sua língua macia pela cabeça e logo engoliu a minha carne, levando-a inteirinha para a profundeza de sua garganta desejosa. Gemi suavemente quando ele começou a me chupar com uma competência incrível. Ele me empurrou para a cama, enquanto continuava a engolir os meus vinte centímetros. Agarrou-me pelos quadris e ergueu minhas pernas no ar. Eu podia sentir o ar-condicionado do quarto soprando na entrada do meu cu. Ele soltou o meu pau e passou a língua quente pelas minhas bolas inchadas até chegar na minha fenda. Começou a explorar o meu orifício com sua língua pontuda. Um tremor percorria a minha espinha conforme sua língua entrava mais fundo no meu cu pulsante. Ele enterrou o seu rosto entre as minhas nádegas macias e começou a chupar o meu cu com vontade. Ele parou por um instante, abriu uma gaveta e tirou de lá um vibrador incrivelmente grande. Ligou o pênis automático e o inseriu no meu buraquinho apertado. Era a minha primeira vez com um vibrador e por isso eu não sabia o que esperar. A ferramenta trepidante pulsava em seu caminho pelo meu cu latejante. Ele começou a me chupar enquanto metia o brinquedinho na minha bunda. A sensação causada pelo vibrador fez com que todo o meu corpo tremesse incontrolavelmente. Joey começou a me chupar mais rápido, enquanto afundava o vibrador no meu rego.

—Eu vou gozar! – gritei.

Disparei toda a minha carga na sua boca e ele engoliu cada gota brilhante de meu sumo sexual. Ligou o vibrador no máximo enquanto eu esguichava na sua boca. Depois não perdeu tempo, tirando rapidamente as suas calças. Seu cacete estava inacreditavelmente duro e eu caí de boca nele imediatamente, envolvendo-o com os meus lábios macios. Coloquei sua cabeça enorme em minha boca cheia d'água. Ele tirou o vibrador do meu cu satisfeito e lentamente o inseriu no seu próprio rego faminto.

– Isso, chupa esse caralho, cara. Chupe como você fez lá no banheiro.

Sua voz sexy estava me excitando e eu o chupei cada vez mais fundo. Ele começou a se comer sozinho com o vibrador, enquanto eu comia o seu salsichão italiano todinho.

– Mete mais fundo, cara. Chupe esse pintão, soldadinho!

Eu agarrei a base de seu pau e o apertei o mais forte que pude. Eu o estava chupando com tanta força que a saliva escorria do seu pau para a minha mão.

– Cara, você sabe como chupar um cacete! Você nasceu para um boquete!

(Jamais houve palavras tão verdadeiras.) Eu engoli a sua pica dura tão fundo quanto era capaz, sem ter ânsia de vômito. Sua carne era tão doce que eu mal podia esperar até ele esguichar tudo na minha boca sedenta. Ele começou a mover os seus quadris com força para frente e para trás enquanto cavalgava o vibrador de plástico enterrado entre suas nádegas musculosas.

– Aaahhh! Chupa, cara! Chupa!
Ele estava soltando a franga para valer e o seu papo era realmente excitante. Eu movia a minha cabeça ao longo de sua enorme pica enquanto ele dava voz ao seu imenso prazer.
– Chupa o meu cacete, veado! Aaaaahh! Este vibrador enfiado no meu cu é tão gostoso!
Eu o estava chupando tão forte que achei que o meu maxilar fosse quebrar. Ele tirou o vibrador do seu cu de repente e o jogou no chão.
– Foda-se este vibrador! Eu preciso de um pau de verdade no meu cu!
Eu montei imediatamente nele por trás e comecei a comê-lo. O meu cacete estava superduro por causa do seu papo sexy e eu estava disposto a dar-lhe prazer de todas as maneiras de que fosse capaz. Fui penetrando sua bunda cheia de tesão e pude sentir as minhas bolas batendo contra o seu corpo enquanto o comia com cada vez mais força.
– Me come! Mais forte! – gritou em delírio. Fiquei torcendo para que os vizinhos não nos ouvissem, mas estava muito excitado para me preocupar. Enterrei meu cacete em seu delicioso cu.
– Me come, sua bicha! Me come mais forte! Adoro sentir o seu pau dentro de mim. Preciso tanto disto.
Ele se inclinou para a frente e separou ainda mais as suas nádegas. Fiquei realmente excitado vendo o meu pinto deslizar para a frente e para trás entre as suas saliências macias e sem pêlos. O meu suor pingava sobre o seu cu quente, escorregando pela sua fenda e caindo na cama. Ele estava realmente delirante. Arfava e jogava sua cabeça para cima e para baixo.
– Sim, sim, me fode com força.
Dei um tapa em sua bunda, o que pareceu deixá-lo ainda mais selvagem. Ele começou a dar pinotes como um cavalo chucro enquanto eu o fodia com mais força ainda. Todos os músculos do meu corpo estavam doendo por causa dessa maratona sexual, mas mesmo assim eu não diminuí o ritmo. Precisei usar todo o meu controle para não gozar cedo demais, mas consegui me segurar.
– Cara, a sua vara é tão grande! Não pare, continue me comendo deste jeito!
Ele estava pegando fogo. Eu agarrei os seus quadris e o comi

com tudo o que tinha. O suor escorria dos meus braços e caía por todo o seu corpo, mas eu continuei metendo na sua bunda.

– Você gosta de sentir esta rola dentro do seu cu, não é? – eu provoquei.

– Isso, fale sujo comigo, cara!

– Você gosta do meu mastro duro enfiado na sua bunda apertadinha, não é?

– Sim, sim!

– Peça para eu comê-lo com mais força – eu ordenei.

– Me come com mais força!

– Mais alto. Me peça para te comer com mais força mais alto.

– Me come com mais força – ele berrou. – Come o meu cu com mais força!

– Implore por este pinto. Eu quero ouvir você implorar por este pinto! – eu gritei.

– Por favor, continue me comendo. Não pare! Eu preciso do seu cacete no meu cu.

Eu estava no limite de esporrar pela segunda vez, agora no seu cu.

– Caralho, eu vou gozar! – ele gritou em êxtase.

Ele se jogou para trás e jorrou aquela porra toda sobre os lençóis e colchão. Continuei metendo e senti o meu sumo quente transbordando e preenchendo o seu cu gostoso.

– Oh, sim, esguiche a sua porra quente na minha bunda. Quero sentir o seu esperma dentro de mim!

Eu empurrei os meus quadris delgados para a frente e pude ouvir o som da minha carne batendo contra a dele. Eu drenei o meu pau até a última gota e desabei sobre o seu corpo forte.

– Cara, que trepada! – ele disse quase sem fôlego.

– Com certeza!

– É uma pena que sua base não seja aqui em Bitburg.

– Por quê? – perguntei.

– Porque eu adoraria repetir a dose um dia desses – ele disse olhando fundo nos meus olhos.

– Bem, eu estou a apenas quatro horas daqui. Talvez possamos nos encontrar nos fins de semana, ou você possa ir me visitar na Holanda.

– Sim, eu gostaria muito.

Ele me beijou com doçura nos lábios, botando a sua língua quente dentro da minha boca úmida. Eu chupei a sua língua comprida suavemente enquanto ela explorava a minha boca. Nós adormecemos enroscados nos braços um do outro. Eu dormi como um bebê naquela noite e estou certo de que ele também.

Na manhã seguinte eu fui o primeiro a acordar. Seu corpo maravilhoso, nu, estava deitado ao meu lado. Eu só fiquei admirando seus músculos; tinha que ir embora logo e me juntar à minha equipe para o restante da competição, mas queria ficar o máximo de tempo possível. Eu nunca tinha feito amor com um homem como Joey antes. Ele se virou e o seu pau estava lindo sob a luz do sol. Eu me abaixei e beijei a cabeça de sua ferramenta meio dura e ele acordou imediatamente.

– Você ainda quer mais desta pistola, não é?

Fizemos amor por mais duas horas, trocamos nossos telefones e endereços e então voltamos à base para a competição. Ele me deixou na porta da frente do auditório. Eu lhe fiz um aceno enquanto ele ia embora, sabendo que voltaríamos a nos encontrar para terminar o que havíamos começado.

Polícia da Marinha
William Cozad

Fiquei surpreso ao descobrir que havia um navio da Marinha ancorado em nossa cidade. Não era comum ver marinheiros por lá, com suas calças boca-de-sino, blusões e chapéus brancos. Aí tive a oportunidade de confirmar uma antiga suspeita: os rapazes mais bonitos do mundo são os jovens marinheiros norte-americanos.

De repente, sem mais nem menos, estourou uma briga no meio da rua entre dois marinheiros uniformizados. Eram apenas dois meninos lutando, com uma multidão aglomerada ao seu redor. Então, vinda do nada, apareceu uma perua cinza com os dizeres "Polícia da Marinha Norte-americana" e de lá saltaram dois grandes marujos. Em questão de segundos eles dispersaram a briga entre os dois companheiros de bordo do *USS Lyman* e os levaram embora. Não antes, porém, de eu poder prestar uma atenção especial num determinado patrulheiro...

Ambos tinham por volta de um metro e noventa de altura e uns oitenta quilos. O louro tinha uma cara muito marcada, mas o moreno era um manequim vivo! Com uma franja de cabelos negros despontando de seu chapéu, um bigode fino e olhos verdes brilhantes, aconteceu de ele olhar na minha direção. Eu sorri para ele. Ele não correspondeu, mas estava ocupado em remover os marujos briguentos.

Naquele momento eu soube o que me aconteceria naquela noite quando estivesse nu, debaixo das cobertas, tentando dormir. Eu me masturbaria, fantasiando a respeito do moreno da Polícia da Marinha. Mas eu não precisei esperar tanto assim para vê-lo novamente.

Aconteceu mais ou menos uma hora depois, quando parei no McDonald's para tomar um café antes de ir para casa. Num golpe de sorte, dei de cara com os dois patrulheiros. O loiro foi ao balcão fazer o pedido e o belo marinheiro de cabelos negros sentou-se bem atrás de mim! Desta vez ele me sorriu de volta quando eu lhe sorri.

– E então, você prendeu aqueles dois arruaceiros? – perguntei puxando assunto.

– Não. Aqueles dois andaram se atracando o tempo todo enquanto estávamos no mar. Estava na cara que isso ia acontecer. Nós só os separamos e os soltamos com vários quarteirões de distância entre um e outro. Eles vão se comportar agora. Não vão querer se entender com o chefão.

– Isso não é um pouco incomum? Digo, tratar as coisas desse jeito?

– Não exatamente. Meu pai é da polícia. Ele tem a sua própria lei. Poupa burocracia e não é preciso ir aos tribunais.

– Por que eles estavam brigando? – perguntei, enquanto meus cílios piscavam em código Morse.

– Uma puta com quem os dois transaram. Que desperdício! Tudo o que ela queria era um marinheiro para pagar a sua conta no bar! É assim que as coisas funcionam nos portos estrangeiros.

– Quer dizer que eles comiam um ao outro por tabela? – brinquei.

– Talvez. Eu nunca quis comer uma puta. Estava procurando alguma coisa diferente.

Isto tinha soado estranho. Talvez ele só estivesse brincando. Mas decidi extrair mais detalhes.

– Deve ser fácil para você ficar com quer, com essa pinta.

Quando ele sorriu novamente, percebi que seus dentes eram brilhantes e regulares e seus lábios cheios e sensuais.

– Você acha?

Suas sobrancelhas se arquearam.

– Bem, ah...

– O nome é Gary... isto é um convite?

– É claro que é – disparei em resposta, aliviado por ele ter captado as mensagens em Morse que eu havia lhe enviado com os meus cílios.

— Melhor segurar a onda. O Morris está vindo aí. Encontre-me aqui à meia-noite, depois que eu não estiver mais de serviço — Gary propôs.

Eu não disse mais nada. Passei algum tempo ouvindo Morris contar algo sobre uma garota que ele havia conhecido na cidade. Gary apenas ouvia na maior parte do tempo. Quando eles deixaram o McDonald's, ele olhou para trás e tocou o seu chapéu, fazendo uma espécie de sinal.

Eu fiquei perambulando pelo centro da cidade tentando matar o tempo, olhando vitrines, esperando que nenhum policial me parasse para interrogatório. Um pensamento me ocorreu: e se Gary estivesse apenas flertando e não aparecesse?

Mas à meia-noite eu estava de volta ao McDonald's, com uma outra xícara de café, esperando — e esperando.

Eu estava pronto para jogar o resto do meu café no lixo quando Gary finalmente surgiu na porta. Ele ainda estava vestindo o seu uniforme, mas sem a tarja da Polícia da Marinha no braço esquerdo sob a insígnia do corvo.

— Desculpe pelo atraso — ele disse. — Eu tive que me livrar de Morris. Ele queria que eu fosse com ele até o bar para encontrar uma piranha que ele conhece.

— O McDonald's está fechando, mas eu moro a poucos quarteirões daqui. Quer dar um pulo até a minha casa? — sugeri.

Gary concordou com a idéia e a caminhada nos deu chance de nos conhecermos melhor.

— No que é que você trabalha? — perguntei.— Num escritório? Mas aposto que você quer ser um tira como o seu pai.

— Acertou. Quando eu sair da Marinha vou voltar para o interior e entrar direto na academia de polícia. O trabalho está no papo.

Quando chegamos ao meu apartamento, fiquei surpreso ao descobrir que Gary era abstêmio. Tudo o que ele queria era uma coca-cola. Tive que comentar que nunca havia visto um marinheiro que não bebesse; afinal, era uma tradição na Marinha embebedar-se.

— Tem certeza de que não quer uma cerveja? Você não vai entrar em coma alcoólico com isso!

— Não. Minha mãe era alcoólatra e agora está morta.

— Sinto muito. Importa-se se eu beber?

– Vá em frente.

Eu tomei uma cerveja e relaxei enquanto o marujo bebericava sua coca.

– Acho que você sabe o que eu quero – eu disse, achando que não havia mais necessidade de rodeios.

– É por isso que estou aqui.

Eu mal podia acreditar na minha sorte quando o agarrei. Nunca achei que fosse pegar um marinheiro de verdade. Eu não estava acostumado a caçar e tinha me resignado a uma existência de masturbação, poupando o meu dinheiro até quando pudesse ir embora e mudar a minha vida em algum lugar, como San Francisco ou Los Angeles – onde se diz que o povo gosta da fruta.

Depois de algumas poucas apalpadas, eu tirei a mão. Mas Gary a colocou de volta sobre o seu pinto. Ele era bem massudo, de tamanho médio, grosso o bastante para fazer com que eu me ajoelhasse à sua frente. Então eu mordi o seu uniforme de lã, molhando as suas calças.

– Tire-o para fora – ele balbuciou.

Eu desabotoei os treze botões de sua braguilha e tirei o pau de Gary para fora. Ele era grosso porque estava dobrado. Para a minha surpresa, seu pau tinha uns vinte e três centímetros quando pulou para fora na minha direção.

– Meu Deus! Que mastro você tem!

– Chupa, cara! É isso que você quer fazer – Gary grunhiu, empurrando o seu chapéu branco para trás e olhando para mim com aqueles olhos verdes cintilantes.

– Tenho que usar uma camisinha – insisti.

– Uma camisinha para chupar?

– Anos 90, meu irmão.

Peguei uma camisinha no meu bolso, coloquei-a suavemente sobre a cabeça imponente do cacete de Gary e a desenrolei.

– Me chupa – ele rosnou, morrendo de tesão.

Tomando a sua rola pulsante coberta pelo capuz de látex nas mãos, lambi a cabecinha. Apesar da camisinha, senti o cheirinho do seu sexo. Minha língua passou por suas bolas cheias e eu as chupei separadamente e depois juntas.

– Oh, sim, chupa as minhas bolas! – ele gemeu, jogando os seus quadris.

Enquanto dava um banho de língua em suas bolas com saliva, o seu pinto pulava. Minha boca o segurou firme e o marujo disparou mais ordens.

– Coma-o, seu boqueteiro, coma o meu pau!

Metendo o pau inclinado no fundo da garganta, brinquei com suas bolas. Ele também tomou algumas iniciativas, esfregando o meu rosto e puxando o meu cabelo. Então sentou-se na beira do sofá e rudemente fodeu a minha boca.

– Chupe o meu pintão – ele disse, arfante. – Espere até ele disparar... Eu vou afogar você com a minha porra.

Gary estava falando a minha língua. Chupando-o como um louco, usei uma de minhas mãos para brincar com as suas bolas. Seu pau ficou então ainda mais duro e ele o enfiou pela minha garganta abaixo, golpeando as minhas amígdalas.

– Eu vou gozar na sua boca, seu boqueteiro. Toma! Toma a minha porra!

Sua pistola estava dura como aço quando ele me bombardeou com sua porra quente de marinheiro, enchendo a ponta da camisinha até o seu limite. Suas bolas grandes batiam no meu queixo enquanto ele enterrava o seu pau na minha garganta, descarregando o resto de sua munição.

Nem me importei com meu próprio cacete, que estava duro como uma rocha, do jeito que sempre fica quando chupo um pau, especialmente um pau gigantesco de um bistecão como aquele marinheiro. Gary pressionou o meu rosto contra os seus pentelhos. Suas mãos foram então em direção às minhas costas, por dentro das minhas calças, alcançando minha bunda, chegando no meu rego e investigando o meu cu. Naturalmente, eu libertei o meu trabuco e comecei a tocar uma punheta, enquanto ele metia seus dedos em mim.

– Toca esta punheta, cara! Eu gosto disso! Quero ver você gozar!

Gary tinha os olhos fixos na minha superereção. Ele usou a sua mão esquerda para agarrar o meu pau latejante, passando ele mesmo a alisá-lo.

– Me faz gozar, marujo, mete o dedo no meu cu! Me excita! Isso! Eu vou gozar! – gritei, enquanto jatos intermináveis de porra escapavam do meu pau, caindo no tapete.

Mas eu não me importei. Para falar a verdade, eu até rebolei em volta do dedo do marujo. Dei uma olhada furtiva para sua pica e tive certeza de que ele estava pronto para uma segunda rodada.

– Quero comer você, cara. Quero comer o seu cu – ele disse.
– Mas você é tão grande – eu disse, arfante.
– Você agüenta. Nunca conheci uma dona que não agüentasse.
– Você já trepou com homens antes?
– Não, mas já entrei pela porta dos fundos de algumas putinhas. É a mesma coisa... a única diferença é que o homem tem um acessório com que se pode enlouquecê-lo.
– Acho melhor fazermos isso na minha cama – eu sugeri, aceitando o seu pedido.

Louco para começar, Gary me pegou como um saco de batatas e me carregou até o quarto, jogando-me sobre a cama. Eu praticamente arranquei as minhas roupas, querendo que o marujo me comesse, querendo senti-lo fundo em mim. Mas primeiro eu queria dar uma bela olhada no seu corpo belo e firme.

– Tire o seu uniforme para que ele não fique todo amassado – eu disse.

A luz estava acesa e eu fiquei olhando para o marujo enquanto ele dobrava o seu uniforme. Seu corpo era peludo e sexy. Mas o que me chamou a atenção era que ele usava samba-canção e o seu pau enorme estava saindo pela fenda.

Ao puxá-lo para baixo, deitando-o sobre mim, eu fiquei atônito quando ele me beijou. Heterossexuais nunca fazem isso! Mas Gary não pareceu pensar duas vezes antes de meter a sua língua em minha boca, fazendo cócegas nos meus lábios com seu bigode.

– Me come como você come as suas mulheres... quero olhar para você enquanto você me come – eu lhe disse.
– Como você quiser.

Eu abri as minhas pernas e apoiei os meus calcanhares nos ombros largos de Gary. Ele conseguiu colocar a nova camisinha que eu lhe estendi. Então o marujo se preparou para montar em cima de mim.

– Cuspa no meu rego – instruí.

Uma explosão de umidade quente se espalhou no olho do meu cu. Ele então enfiou o dedo um pouco mais fundo, abrindo espaço.

– Mete em mim, marujo – eu implorei.

Quando Gary encaixou a cabeça redonda do seu pau no meu cu e o alojou ali, você pode apostar que eu estava aberto e pronto para ele.

— Me come. Vamos, marujo — eu disse, arfando. — Come a minha bunda.

Deitado de costas, eu prendi o seu peito entre as minhas pernas. Minhas mãos acariciaram suas nádegas peludas e musculosas enquanto ele me comia. Impulsionei meus quadris, empurrando o meu corpo contra o seu.

— Mete tudo! Eu quero! Eu agüento!

Respirando rápido, limpei um pouco do seu suor, que tinha caído na minha cara. Então eu lhe implorei que não interrompesse o belo serviço.

— Não pare! Mais! Mais forte!

— Toma o meu pintão. Nossa, eu vou gozar! Puta que pariu! Estou gozando no seu cu! — Gary gritou.

Foi como o final de uma foto. Eu senti minha gosma jorrar da minha rola e molhar a minha barriga. Meu cu ardia como se estivesse em chamas. Senti o balão de látex cheio de porra quente nas minhas entranhas.

O meu cu se contraiu em torno do seu pau e terminou de drenar as suas bolas. O engraçado foi que eu não tinha me dado conta de quão fundo ele tinha comprimido a sua carne nas minhas vísceras até ele sair de mim, deixando o meu cu escancarado. Quando Gary se abandonou sobre mim, eu me agarrei ao seu corpo peludo, sem querer largá-lo nunca mais.

Ainda havia porra nas nossas bolas e nós simplesmente não conseguimos ficar quietos. Eu me deitei de bruços e ele trocou de camisinha. Gary bateu a sua piroca na minha bunda e o meu cu se contraiu.

Descendo rapidamente, ele esfregou o seu caralho envolvido em látex na minha fenda ardente e o deslizou para dentro. Os músculos de minha bunda agarraram a sua tora e eu deixei bem claro o que queria que ele fizesse.

— Me cavalgue, marujo. Me fode. Quero a sua porra na minha bunda. Me come.

Gary se deitou sobre as minhas costas suadas e meteu o seu cacete no meu cu. Meu pau se esfregava na colcha de cetim cada vez que ele metia. Então eu aninhei a cabeça nos braços e olhei por entre as minhas pernas enquanto ele comia a minha bunda.

– Oh, sim, é tão grande! Tão duro! Me come, marujo – gritei.

Quando ele meteu a pistola no meu cu, com suas bolas se chocando contra as minhas, agarrei o meu pau rijo e mandei ver. Gary não conseguiu falar muito.

– Você tem uma bunda tão quente... Tão apertadinha... Feita para ser comida. Eu vou melar a sua bundinha.

Jatos quentes de porra vieram queimando a camisinha. A fricção de seu pinto na minha próstata me enlouqueceu e eu disparei uma grande poça de porra branca na colcha de cetim azul. Quando os fogos de artifício terminaram, Gary tomou mais uma coca e eu mandei mais uma cerveja goela abaixo.

O marujo grandalhão içou velas naquela manhã, deixando-me com o cu sensível. Foi a última vez que o vi, mas você pode ter certeza de que o meu cu ainda se contrai cada vez que eu penso em Gary, o policial da Marinha.

Dia do Trabalho
William Cozad

Era o fim de semana do Dia do Trabalho, último feriado do verão. Eu logo voltaria às aulas, retomando a rotina de lecionar inglês para as turmas do segundo grau. Meu irmão, que vivia no interior, havia me convidado para uma visita, e eu decidi que a mudança de ares me faria bem.

Não importava que meu irmão mais velho e eu não fôssemos tão próximos. Ele tinha se casado e arrumado um emprego logo depois de terminar o colegial, mas era o meu único parente vivo, uma vez que nossos pais já haviam morrido. Eu queria manter contato.

Nossas visitas consistiam em beber cerveja e ficar lembrando os velhos tempos, principalmente a sua carreira esportiva na época da escola, quando ele era um grande atleta, jogando basquete e futebol. Hoje em dia ele é carpinteiro. Apesar de as mulheres, segundo o que eu tinha lido recentemente, os considerarem – os carpinteiros – os homens mais atraentes do mundo, ele estava sobrecarregado demais com a sua família para conseguir alguma regra três. Pelo menos essa era a impressão que ele me dava.

Eu nunca me casei, em grande parte porque tinha chegado à conclusão, já na minha adolescência, de que era gay. Os homens me atraíam de uma maneira que nunca havia acontecido com as mulheres. É claro que eu e meu irmão nunca falamos sobre isso, mas acho que ele me considerava o que se costuma chamar de "um solteirão convicto" – uma expressão que se transforma em "bicha" pelas suas costas.

Depois de um fim de semana tomando cerveja e ouvindo-o reviver os seus dias na escola, eu me senti como Bete Davis em *O que aconteceu a Baby Jane*. Meu irmão continuava a falar a respeito de seu casamento, de como ele se sentia em uma armadilha e como invejava a minha liberdade. Para a minha sorte, porém, ele nunca sugeriu que fôssemos atrás de putas ou algo parecido.

Eu estava meio indisposto quando chegou a hora de pegar a estrada. Sentia uma certa pena de Tommy, imaginando que ele vivia uma "vida de exasperação quieta", como disse Thoreau. Ele me abraçou e convidou para voltar quando tivesse mais um fim de semana livre.

O tráfego da rodovia estava pesado, mas não tão ruim quanto eu esperava por causa do feriado. Ouvi um programa de entrevistas no rádio. Uma nova pesquisa sobre sexo revelava que a média dos americanos fazia sexo somente cinqüenta e sete vezes por ano e que 22% da população não tinha parceiros. De onde será que eles tiravam essas estatísticas?

Depois de dirigir por algum tempo, achei que precisava de uma boa xícara de café. Vendo uma parada de caminhoneiros no km 80, encostei. Como muitos gays, eu tinha uma fantasia louca a respeito desses "reis da estrada", mas nunca tinha abordado nenhum. Minha imaginação, porém, corria solta enquanto eu tomava o café preto e forte e comia um pedaço de torta de maçã com molho de canela bem quentinho. Depois disso, dei uma rápida checada no banheiro dos homens, mas ele estava vazio. Eu lavei o rosto com água fria e fui para o meu carro. Ali – de pé na entrada da auto-estrada – estava um jovem alto metido num uniforme dos fuzileiros navais: camiseta bege, calças azuis com uma listra lateral e um chapéu branco com a insígnia do globo e da âncora.

Não sei o que foi que se apossou de mim, mas eu parei. Eu nunca tinha dado carona, achava perigoso, como apostar na roleta russa. Mas como ele era das Forças Armadas, decidi que podia lhe dar uma carona e ter alguém para conversar.

– Para onde você vai? – perguntei.

– Sul.

– Estou indo nesta direção. Entre!

Eu dei o meu melhor sorriso para o fuzileiro naval.

Quando ele entrou e tirou o seu chapéu, fiquei surpreso ao ver quão jovem era. Não era muito mais velho do que a maioria dos meus alunos. É claro que eu nunca havia olhado para eles como objetos sexuais. Mas este aqui era loiro, com cabelo bem curtinho, olhos azuis de gelo e um bronzeado que chamava a minha atenção.

– Um caminhoneiro me deu carona, mas ele só vinha até aqui.

– Então você é um fuzileiro naval. É a divisão das Forças Armadas que faz de você um homem de verdade, certo? – eu disse, puxando assunto.

– É o que se diz.

Ele então disse que seu nome era Larry. A próxima coisa que sei é que olhei para o lado e ele estava roncando. Provavelmente tinha passado o dia comendo a sua mulher ou namorada e estava cansado, imaginei.

Foi ficando escuro e o tráfego se intensificou com a volta do último feriado prolongado do verão. Dei uma olhada no pau do fuzileiro enquanto dirigia. Ele com certeza tinha um mastro bem grande, mas eu fiquei me perguntando se estava duro. Apesar de me sentir tentado a tocá-lo, achei que seria muita insolência. Além do que, ele parecia novinho e vulnerável, adormecido daquele jeito.

De repente o trânsito parou de vez. Larry acordou e esfregou os olhos. Sirenes soaram enquanto carros da polícia rodoviária zuniam pelo acostamento.

A música no rádio foi interrompida pelo anúncio de que havia ocorrido um acidente grave naquela rodovia. Um caminhão havia virado e o tráfego iria se atrasar por algumas horas. Os motoristas foram aconselhados a tomar rotas alternativas.

– Era só o que faltava – ele resmungou.

Eu vi um desses motéis grandes de estrada. Como estávamos bem perto de uma saída e podíamos pegar o acostamento, uma idéia surgiu em minha mente.

– O que acha de darmos uma parada? Poderíamos ir para aquele motel, tomar um banho, ver um pouco de TV, tomar umas cervejas... Voltaríamos para a estrada daqui a umas duas horas, quando já tivéssemos um céu de brigadeiro e pudéssemos seguir sem problema para nosso destino.

– Eu até gostaria, mas não tenho dinheiro. Gastei tudo na farra. É por isso que estou voltando de carona para a base. Eu acabei de concluir o meu treinamento.

– Não tem problema. Eu tenho um cartão de crédito. É o mínimo que posso fazer. Eu já tive a sua idade, acredite se quiser!
– Tem certeza de que não se importa, senhor? – o fuzileiro franziu a testa.
– A única coisa que me incomoda é o "senhor". Me chame de Bill.
– OK, Bill.
Ao sorrir, o fuzileiro revelou perfeitos dentes brilhantes. Não havia dúvida de que ele era um exemplar de primeira de jovem macho.
Por sorte, o motel estava praticamente vazio depois do feriado. Comprei algumas caixas de cervejas na loja de conveniência ao lado. Fui então abençoado com uma graça inesperada.
– Importa-se se eu tomar uma ducha? Estou me sentindo pegajoso – disse o fuzileiro naval.
– Claro. Fique à vontade.
Enquanto Larry tomava banho eu fiz tudo o que pude para evitar o banheiro. Beberiquei uma cerveja e vi uma parte de um velho filme de faroeste na TV. Depois de um certo tempo, porém, precisei dar uma mijada. Quando entrei no banheiro, a água estava correndo no chuveiro e tudo estava cheio de vapor. A porta de vidro estava esfumaçada. Mas Larry evidentemente me ouviu, porque abriu a porta.
– Isso aqui está muito bom. Entre e tome uma ducha – ele disse com um risinho de satisfação.
Eu dei uma olhada furtiva no seu corpo liso e musculoso. O grande pinto não circuncidado pendurado ali sobre as suas grandes bolas atraiu o meu olhar por algum tempo. Quando tirei a minha roupa e entrei debaixo do chuveiro, meu caralho começou a ficar duro.
– Quer que eu o ensaboe?
A pergunta saltou da minha boca antes que eu pudesse pensar no que estava dizendo. Agora o fuzileiro teria certeza de que eu era gay. Mas ele tinha me convidado para entrar debaixo do chuveiro. Ele não podia ser tão inocente assim.
– Claro, obrigado – ele respondeu, passando uma das mãos em sua tora deslumbrante.
Eu ainda não sei se Larry sabia no que estava se metendo. Eu

tenho minhas dúvidas, acredite. A cena do chuveiro de *Psicose* passava em minha mente. Se o fuzileiro descobrisse o que eu era e do que gostava, talvez eu tivesse sérios problemas.

Mas eu não agüentei. Ao ensaboar o peito do marinheiro, o meu pinto ficou duro como uma rocha. No começo ele fingiu não perceber, é claro. Foi então que flagrei os seus olhos flechando abaixo da minha cintura.

— Me ensaboe — provoquei.

Estendendo-lhe o sabonete, eu me virei de costas para ele. Quando senti a espuma e a sua mão forte tocarem o meu torso nu, o meu pinto ficou todo molhado.

Num impulso, eu agarrei o sabonete e me virei. Para minha surpresa e deleite, o pau do fuzileiro estava semiduro, com a cabeça apontando para fora do prepúcio.

— Hora de uma pequena inspeção de armas — eu disse.

Quando estendi a minha mão e comecei a cuidar dele, a sua pistola deu uma tremida. Eu puxei o prepúcio sobre a glande e pus minha mão por baixo de suas bolas grandes e peludas. Enquanto eu ensaboava o seu ventre louro e massageava o seu cacete, ele tomou conta do sabonete. Depois ele fez o mesmo em mim.

Esse era o maior sonho erótico que eu jamais tivera! Lá estava eu no chuveiro com um fuzileiro adolescente, alto e louro. Tudo o que eu podia fazer era rezar para não acordar antes de chupá-lo e bater uma punheta. Ajoelhando-me no chuveiro, eu me maravilhei com o tamanho do seu caralho.

— Chupa, cara. Chupa o meu grande pau militar. Eu nunca fui chupado antes. Quero saber como é. Quero sentir como é — ele disse num som gutural.

A água espirrava do chuveiro e alfinetava a pele. Não fazia mal que seu trabuco estivesse todo ensaboado. Eu estiquei os meus lábios sobre a cabeça do seu pau inchada e vermelha. Usei então a minha boca para dar prazer a seu instrumento.

— Caralho, como isso é gostoso! Que delícia. Melhor que uma boceta! Me chupa, cara. Chupa o meu pau! — ele implorou.

Olhei para cima para ver o jovem louro e nu e a minha pica se ergueu. Para ficar em pé de igualdade, massageei o meu pau, que gotejava, enquanto fazia uma chupetinha no fuzileiro. Não que ele não tivesse tomado parte ativa. Apoiado nas paredes do box, com o corpo bronzeado pingando, ele segurou a minha cabeça e esfregou o meu cabelo molhado.

Bombeando furiosamente, ele enfiou a sua vara até minha garganta, batendo nas minhas amígdalas como um martelo. Eu me agarrei às suas nádegas musculosas e firmes enquanto ele fodia a minha cara.

– Cara, eu já estou quase lá. Vou esguichar a minha porra pela sua goela abaixo! Engole aqui a minha porra! – ele gritou.

Quando o garanhão explodiu com o seu pau enterrado na minha garganta, eu vi estrelas como se tivesse levado um soco no olho. Senti grandes jatos de porra baterem no céu da minha boca, enchendo-a, enquanto as bolas do fuzileiro se chocavam contra o meu queixo e ele puxava o meu cabelo molhado.

– Eu nunca gozei tão gostoso – ele resfolegou.

Eu me levantei no chuveiro, mas as minhas pernas estavam bambas. Ele me segurou e evitou que eu caísse, quase me fazendo desmaiar.

– Você gostou, não é? – eu disse, arfando.

– Claro que sim. Você quer gozar?

– Sim, claro. O meu pau parece uma bomba prestes a estourar. Por favor, Larry. Me chupe – eu implorei.

– Não vai dar. Eu não sou veado. Talvez eu possa bater uma punheta para você.

– Não preciso dos seus favores.

Minha voz era um sarcasmo só. Não sei o que me deu. Fiquei agressivo, como quando gritava com as crianças da escola quando não faziam lição de casa. Eu me enfiei debaixo do chuveiro para que a água me acalmasse.

– Você é um cara legal. Mas isso tudo é novo para mim. Sabe, é a minha primeira vez – ele explicou.

– Há aqueles que dão e aqueles que recebem! – eu contra-ataquei, contraindo minha boca.

Talvez eu estivesse exagerando. O meu caralho estava duro e ele não se importava comigo. Por que deveria? Eu não passava de uma bichinha para ele.

– Olha, dá um tempo. Eu faço o que você quiser, mas não posso chupar o seu pinto – ele propôs.

– Por quê? Porque eu não sou tão jovem e bonito quanto

você? Deixe que eu lhe diga uma coisa, garotão, todos nós envelhecemos – disse irritado.

– Não é isso o que eu quero dizer! Eu estou excitado, claro. Mas não sou veado.

– É isso o que eu sou para você, um veado?

– Não foi isso o que eu quis dizer. Foi muito gostoso. Não fique bravo.

– Deixa para lá, Larry. Vamos sair daqui.

– Você pode me comer se quiser.

– O quê?

Meus olhos se arregalaram, aturdidos pela observação do fuzileiro.

– Você pode comer meu cu. Não é isso o que você quer?

Eu nem tinha sonhado em experimentar sua bunda. Ele deveria ser cabaço, já que eu era o seu primeiro homem. Então me veio à mente, num flash, aquele velho papo de que os marinheiros chupam e os fuzileiros navais dão o cu. Será que isso era mesmo verdade?

Eu não sabia bem ao certo onde isso ia dar, mas com certeza queria descobrir.

– Vamos para a cama – sugeri, cheio de esperança.

Eu me enxuguei e assim fez Larry. Quando o vapor diminuiu, eu me dei conta do quanto ele era bonito, muito mais do que eu havia percebido antes. Eu poderia punhetar o resto da minha vida simplesmente pensando num armário como ele.

Puxei as cobertas da cama e mudei o canal do filme de faroeste para uma estação que passava videoclipes e rock. O Aerosmith estava tocando *Janie's got a gun*. Eu esperava que não fosse esse o caso do fuzileiro. Eu não tinha nenhum desejo de morte, só uma vontade enorme de comer o seu rabo.

Larry se estatelou nos lençóis brancos. Eu poderia gozar só de olhar para ele, mas afastei as suas pernas e apertei suas nádegas.

– Espere, cara. Só um minuto – ele balbuciou.

– O que foi agora? – perguntei, achando que ele tinha mudado de idéia.

– Deixe eu tomar uma cerveja antes.

– Claro.

Apesar de o meu pau ainda latejar e estar úmido, eu mandei ver uma cerveja com ele. Talvez ele quisesse dinheiro. Ele estava duro, não é? Talvez fosse só me roubar, talvez até fizesse coisa pior,

Dia do Trabalho

mas eu não podia abrir mão daquela bundinha virgem. Eu queria a sua bunda mais do que ganhar na loto. E olha que isto quer dizer alguma coisa.

Larry tomou a cerveja e voltou à sua posição de ovo estrelado. Mais uma vez, eu afastei as suas coxas fortes e lisas. Abrindo as suas nádegas, descobri que a sua fenda não tinha pêlos, como o resto do seu corpo, exceto pelas axilas e pelo púbis. Eu mergulhei no seu rego e criei uma corrente elétrica com a minha língua.

– Ai, como isso é bom! Chupa o meu cu. Isso, assim. Deixa tudo quente e molhado. Vá em frente. Eu não me importo. Enfia a sua vara dentro de mim.

Isso era música para os meus ouvidos. Um fuzileiro garanhão me pedindo para comer a sua bunda. Minha excitação já escorria do meu pau como seiva. Eu não podia acreditar na minha sorte. Eu queria entrar nele antes que aquela fantasia pornô terminasse. O melhor foi perceber que era real quando o ouvi gritar.

– Você está me matando. É grande demais! Eu não agüento.

– Claro que agüenta. Relaxe, gatinho. Você é um fuzileiro. Você agüenta qualquer coisa.

Larry soltou um suspiro de resignação.

Eu estava com a minha carne enfiada no seu cu. O seu anel de couro já estava esticado ao máximo e eu sabia que ele iria agüentar. O fuzileiro começou a se contorcer debaixo de mim.

– Coma a minha bunda – gritou.

Ele rebolava e se empalava enquanto eu comia o seu buraco. Era o cu mais delicioso e apertado que eu já tinha experimentado. Ele envolveu a minha ferramenta como se fosse uma segunda pele. Eu o cavalguei até a glória, imaginando que aquelas eram as entradas de Montezuma, as praias de Trípoli. Eu estava comendo um fuzileiro adolescente e louro. Um garoto americano de sangue vermelho, uma carne de primeira do Tio Sam.

– Meu Deus, o seu pau é tão grande. Está tão duro! Você vai gozar, eu posso sentir! Vai melar o meu cu de fuzileiro. Vai lá, cara! Manda a tua porra!

Larry estava me mandando atirar e eu cumpri as suas ordens. Adorei seus gemidos e grunhidos de típico garotão. Então minha pica explodiu. Senti os músculos de sua bunda apertarem o meu pau. Ele estava gozando enquanto eu esporrava em seu buraco.

Depois de um tempo, a minha rola amoleceu e deslizou para fora. O meu creme vazava de seu cu, de tanto que eu tinha gozado. Quando ele se virou na cama, vi a grande poça de porra que ele tinha esguichado enquanto eu o comia.

Eu não pude resistir. Inclinando-me, lambi o leite quente e salgado do fuzileiro. Agarrei então o seu cacete e o limpei todinho com a minha língua até a glande se retrair para dentro do prepúcio.

De repente Larry olhou para o seu relógio.

— Merda! Já passa da meia-noite! Meu turno começa às seis da manhã — ele disse, preocupado.

— Relaxe. Nós temos bastante tempo — eu lhe assegurei.

Tomamos mais uma cerveja e dei o meu telefone para Larry. Quando pegamos a estrada, o tráfego já estava normal e em pouco tempo chegamos à base de Larry. Fui então para casa e dormi apenas algumas poucas horas antes de voltar às aulas — mas eu não podia estar mais feliz!

Larry disse que me telefonaria, mas você sabe como são essas coisas. Eu já tinha tido bastante sorte de ter conseguido o que consegui dele. Passei a me ocupar com os meus afazeres escolares e voltei às minhas sessões de masturbação, tendo Larry como estrela de cada uma delas.

Então, na sexta à noite, o telefone tocou. Achei que era um de meus alunos querendo saber algo a respeito de algum trabalho. Mas não era. Era Larry, me perguntando se eu queria companhia. Eu lhe disse para tirar a bunda do lugar imediatamente, e tenho certeza de que ele entendeu muito bem o que eu quis dizer.

Treinando no deserto
Brad Henderson

Enquanto o verão saudita lentamente dava lugar ao inverno, nós, fuzileiros navais, ficávamos sentados, esperando que o mundo entrasse em guerra e oscilando entre a vontade de lutar e o desespero. De vez em quando, íamos ao campo para treinar manobras, mas a maior parte dos nossos dias, e longas e solitárias noites, era de espera. Com o passar do tempo, os dias se tornaram meses. Parecia que a Tempestade do Deserto não iria estourar nunca e a minha mão já não conseguia ordenhar minha piroca o suficiente para evitar que minhas bolas doessem como uma ida ao dentista. Eu até agüentava a dor, mas os sonhos já eram outra história.

Eu nunca tinha tido sonhos parecidos – mas também nunca tinha estado tão longe de casa antes, dormindo, tomando banho e cagando com dúzias de outros jovens guerreiros em plena forma física. No começo era só de vez em quando, depois começou a acontecer toda noite. Assim que eu mergulhava no reconfortante abraço do sono, corpos de fuzileiros desnudos apareciam para roubar a minha alma. Eles eram a perfeição em forma de carne humana, pulsantes, firmes, fortes e ávidos por fornecer tudo de que eu precisasse. No mundo do sono, eu virava um camaradinha contra a parede e comia a sua bunda, forte, rápido e gemendo. Ele berrava como era bom sentir a minha tora de vinte e três centímetros no seu cu e me implorava para comê-lo com mais força – e eu, como cavalheiro, o atendia e traçava a sua bunda naval perfeita até a minha pistola explodir.

Na primeira vez em que sonhei com tanta sacanagem até

acordar esfregando meu short verde oliva no colchão, não soube do que tinha mais vergonha. Eu não tinha tido um sonho erótico desde os meus doze anos, mas até então nunca tinha sonhado em comer o rego apertado de um homem. O pior é que quando as minhas fantasias proibidas aumentaram de freqüência, a ponto de sujar todos os meus shorts, o corpo perfeito do jovem militar espetado na ponta da minha lança ganhou um rosto – o de Pedrão.

Desde que me lembro, todos nós tirávamos sarro da enorme pica de Lewodoski. Fui eu quem começou a chamá-lo de Pedrão e todos os outros embarcaram. Ele nunca pareceu se importar. Depois de ter sonhado que o comia com força, não consegui mais tirar os meus olhos de seu corpo no chuveiro. Sua carne nua não tinha a mesma perfeição brilhante dos meus sonhos quando inspecionada de perto. Eu descobri uma cicatriz de apendicite e um profundo machucado sarando no seu ombro, mas de certa forma esses defeitos menores tornavam o seu corpo mais excitante, mais convidativo. Ele tinha o aspecto do perfeito soldado. Um metro e noventa e oito de músculos firmes recobertos por uma pele lisa e bronzeada. Seu maxilar forte, seus olhos verdes e seu belo nariz arrebitado davam-lhe uma aura de herói de história em quadrinhos que se sobrepunha a qualquer tentativa minha de expulsar as suas curvas generosas, seus músculos e seu sorriso estonteante dos meus sonhos.

Comecei a ficar tão desesperado que a simples lembrança do seu corpo já não me bastava. Eu passei a segui-lo até o chuveiro só para olhar de esguelha para aquilo que ele tinha e que provocava a minha fome. Um dia, tínhamos acabado de chegar de cinco dias no deserto, cobertos de grossas camadas de suor e poeira que haviam grudado em nossos corpos. Ele tinha puxado o prepúcio para trás enquanto lavava a cabeça de seu membro enorme, tremendo quando sua mão ensaboada limpava aquela parte tão suave. Eu era novato em flertar com homens, portanto o Pedrão não demorou muito para perceber os meus olhares ávidos. Como um perfeito idiota, ele ergueu a sua pica, balançando-a em minha direção, dizendo que já que eu a admirava tanto, talvez devesse chegar mais perto para chupá-la. Eu disfarcei instintivamente, dizendo "nem sonhando, fuzileiro", mas a visão da água quente escorrendo por aquele glorioso naco de carne acomodou-se no fundo da minha mente e me contaminou. Logo, nem o meu frenético trabalho manual nem os desesperados jorros que o meu subconsciente me fazia lançar nos lençóis duas vezes por noite eram suficientes para manter a minha sanidade.

Minha luxúria teve seu ápice alguns dias depois, na mesma semana. Pedrão e eu estávamos escalados para a sentinela numa parte distante do acampamento. Enquanto tremíamos de frio naquela noite sem lua de dezembro, ele falava a respeito de uma centena de bobagens, como o quanto ele desejava que a guerra começasse logo e o que ele não daria para ser chupado. De repente eu despiroquei. Eu não me importei com mais nada. O meu pau estava duro e confinado havia horas e, sem avisar, ele tomou conta do meu destino. Antes que eu pudesse detê-lo, ele estava batendo no rosto de Pedrão como um louco. Eu não conseguia ver a sua expressão, mas enquanto os meus quadris continuavam a sacudir, impulsionando o meu pau grosso e circuncidado, eu me dei conta do tamanho do seu choque. Até os fuzileiros enlouquecem quando a pressão é grande, mas eu sabia que não tinha desculpa para o que estava acontecendo. Eu não estava ligando mais.

De repente, um milagre aconteceu. Eu senti a sua mão agarrar a minha carne para evitar que eu continuasse a comer o seu olho, mas ele não arrancou o meu pau fora. Todo o seu corpo tremia com o que me pareceu raiva e só depois descobri ser riso. O Pedrão disse alguma coisa sobre sempre trazê-las consigo, e eu senti uma coisa apertada escorregando sobre minha rola. Eu vinha tocando punheta desesperadamente por semanas e o animadinho estava tão preparado que tinha até camisinhas no bolso! Algo quente envolveu meu instrumento empacotado e me tomou completamente.

Quando eu senti sua boca engolir o meu pau duro, meu cérebro entrou em parafuso. Por mais que eu tente, não consigo me lembrar de mais nada do que aconteceu depois. Na hora, eu só sabia que o meu pau finalmente estava onde devia. Fui tomado por ondas de satisfação. Nem sei que fantasias passaram pela cabeça que me chupava ou quantas vezes eu enfiei meu cacete fundo naquela boca; a próxima coisa de que me lembro valeu por uma infinidade de longas noites solitárias. Minha inconsciência animal de repente explodiu numa propulsão cósmica de líquidos e frenesi. Eu quis recheá-lo de proteína o suficiente para sobreviver a um inverno russo, mas quando a minha porra encheu os limites de látex da nossa luxúria o creme escorreu pela minha vara e cobriu minhas bolas. Os movimentos animais transformaram-se em louvores de glória enquanto o meu corpo, tomado por convulsões, cavalgava a sua garganta apertada, esvaziando o meu saco.

Depois que minhas necessidades foram saciadas, meu cérebro voltou lentamente a funcionar. Ouvi os meus grunhidos selvagens ecoarem como se viessem de longe na noite fria do deserto. Senti o rosto de Pedrão se espremer contra o meu pau ereto. Foi somente quando recobrei a consciência que percebi que o polegar de Pedrão estava enfiado no meu cu e que seu dedo médio tinha deslizado pelo meu rego. O filho da puta estava segurando o meu traseiro como se eu fosse um pacote de latas de cerveja. Mas a cena principal ainda era a da frente. Sua boca estava tão apertada em volta da minha vara que o meu creme escorrido por cima de minhas bolas espalhou-se pela barba cerrada de Pedrão. A porra cremosa lubrificou as minhas últimas estocadas, e quando eu finalmente consegui parar e seus lábios deslizaram pela minha arma, senti o seu polegar alargando o meu cu.

Seus lábios tinham acabado de sair da minha cobra quando ele me virou de bunda para cima. Seu polegar brincava no meu rego como uma criança numa manhã de Natal. Sua mão livre deslizou por baixo da minha camiseta, ao longo de minha espinha, pelos meus ombros e descendo pelos flancos, provocando uma torrente de tremores. Enquanto isso, o seu polegar continuava a preparar-me para a manobra mais difícil e fundamental da guerra até então. Minhas missões de reconhecimento no chuveiro tinham atiçado meu cu, mas não tinham me dado uma idéia precisa do armamento contido entre as suas pernas. Quando vi o Pedrão pronto para o ataque, tive certeza de duas coisas: eu precisava daquele mastro dentro de mim e não ia ser fácil agüentá-lo. Ambos sabíamos do que precisávamos; portanto, quando eu arqueei a minha bunda, esfregando-me contra a ponta do seu polegar e apresentando-me para o meu turno, palavras não foram necessárias.

Ouvi um ruído quando ele, todo excitado, rasgou um outro envelope de camisinha. Quando me virei para trás para senti-lo, percebi que estava tentando enfiar o seu pau naquele mísero contêiner de esperma de tamanho normal. Finalmente, depois de empurrar, torcer e girar, ou quem sabe impelido pelo nosso desejo comum, ele conseguiu se entender com a geringonça lubrificada. O látex havia se esticado suficientemente para contê-lo, mas a minha bunda não era de borracha. Suas mãos deslizaram até os meus ombros, subindo minhas roupas para que eu pudesse sentir a sua pele quente contra as minhas costas enquanto ele manobrava para encontrar a posição adequada. Minhas nádegas apertadas se abriram para lhe mostrar o caminho de casa. Mesmo sabendo como seria difícil, senti o meu cu se contrair ao redor do lubrificado receptáculo de porra na ponta da roupa de mergulho que cobria o seu cacete. Seus antebraços deslizaram pelo meu peito até suas mãos alcançarem e engancharem os meus ombros. Seu caralho monstruoso começou a vir com tudo, abrindo caminho pelo meu cu. Seus lábios mordiscaram e chuparam o meu ouvido. O meu cu pulsou e se contraiu, esperando. Pedrão começou a imprimir uma certa pressão, forçando a cabecinha. Pressionou mais uma vez, agora com mais força. E outra e outra vez. Então, num momento de cegueira, de fazer a alma tremer, o meu mundo virou de cabeça para baixo e eu descobri quão próximos na verdade estão o céu e o inferno.

A sensação confundiu as minhas entranhas e o meu cérebro enquanto o seu monstro marinho feito de carne de macho arrancava o meu couro. Fiquei anestesiado por algum tempo devido ao choque de sua entrada. Seu glorioso pau na minha bunda, o melhor presente de Natal que um jovem fuzileiro poderia esperar, transformou-se numa árvore de Natal que me penetrava a toda velocidade, queimando-me por dentro. Pedrão meteu fundo nas minhas entranhas, pulsando e batendo como um segundo coração secreto descoberto nas minhas profundezas. Tempestades de fogo varriam o campo de batalha do meu corpo até que as ruínas do meu cu sentiram a macia e loura floresta que vivia na base da carne dos meus sonhos. Pedrão ficou parado por um momento, absorvendo o calor do meu corpo, fodendo a minha orelha com a sua língua, abraçando-me forte, protegendo-me do resto do mundo. Ele então arqueou a sua bunda, tirando a base do seu mastro de vinte e três centímetros do meu cu, fazendo-me descobrir o que é a verdadeira solidão. Num momento eu estava tentando acomodar a arma do fuzileiro entre as minhas vísceras, sentindo-me prestes a explodir, e no outro tudo o que tinha na bunda era um vazio implacável, onde restava apenas a lembrança da sua rola. Com um único puxão, Pedrão transformara o contentamento descoordenado em desespero. Então, lentamente, a cabeça do seu pau, que era do tamanho de uma maçã, se infiltrou novamente em meu compartimento apertado até eu gargalhar de prazer. As mãos de meu parceiro soltaram os meus ombros e deslizaram até os meus quadris para que ele pudesse me comer num ritmo mais acelerado, rasgando o meu cu faminto, enquanto eu mantinha um movimento frenético dos quadris, deslizando pela sua pica como uma puta depravada. Lembro-me de estender uma mão para agarrar a sua nuca, enquanto segurava a parte mais estreita de suas costas com a outra, prendendo-nos um ao outro, como se o seu pau enorme de pracinha metido na minha bunda precisasse de ajuda.

Pedrão bombava a minha bunda com fúria. Suas resfolegadas e gemidos eram ecos de uma era mais primitiva. Cada centímetro do caralho abrasivo cheio de veias enfiado na minha bunda batia contra a minha próstata enquanto me varava de cima a baixo, alargando ainda mais o meu cu a cada metida deliciosamente cruel. Minha consciência oscilava, enquanto eu o agarrava com força para drenar cada gota de satisfação de suas bolas, que já não sentia mais baterem contra a minha bunda. Ao puxá-lo para mais perto de mim, fui surpreendido por um assalto frontal na camisinha cheia de porra que ainda cobria o meu cacete, um bombardeio incessante na superfície lustrosa. Sem colocar a mão no meu pau, eu gozei como nunca tinha gozado antes, jorrando jato após jato de porra suculenta que faria companhia à porra que eu já tinha descarregado na garganta apertada e quente do meu parceiro. Minhas entranhas devem ter aproveitado bem enquanto minhas bolas armazenavam mais leite para se juntar à meleira que pingava do meu saco e das minhas coxas, porque quando eu comecei a voltar a mim era o Pedrão quem estava descarregando a sua munição. Ele se agarrou com firmeza no meu corpo como um invasor alienígena, bombardeando o meu buraco com uma metralhadora automática que parecia nunca ficar sem munição. O filho da puta penetrou, perfurou e martelou o meu cu como se fosse me comer para sempre. Quando os seus frenéticos empurrões se acalmaram, assumindo um ritmo normal, nós caímos de joelhos, formando um verdadeiro amontoado de carne, cada um mais cansado e suado que o outro. Pedrão continuou deslizando pelo meu canal mesmo depois de ter descarregado a sua porra.

Ele me provocou uma excitação final tirando a enorme cabeça do seu pau das minhas pregas e depois desabou ao meu lado, nossas calças arriadas ainda nos tornozelos e bundas nuas na areia saudita. Fizemos ainda algumas manobras de reconhecimento e avaliamos o estoque de nossa munição. A mão enorme de Pedrão espalhou o creme viscoso que cobria as minhas bolas e coxas. O pervertido raspou o meu fluido cremoso e ousou oferecê-lo para que eu o comesse. Em outra ocasião eu teria consumido toda a munição dele, mas agora a porra que eu tinha jorrado em sua garganta, misturada com a que eu tinha esguichado enquanto o Pedrão estava na minha bunda, era para mim o melhor dos vinhos. Depois de engolir quase um quarto de litro de meu creme, raspei o de Pedrão e fiz com que ele lambesse tudo como um gatinho faminto. Ele mostrou que não era nenhum fresquinho quando apareceu com mais três camisinhas e um sorriso. Nós tínhamos quase duas horas antes que nossas rendições viessem nos cobrir e assumir a vigia do nosso trecho. Aproveitamos bem essas horas, cuidando de outros trechos, cobrindo um ao outro, preparando-nos para saciar uma última necessidade urgente: a longa e lenta ducha que tomamos juntos depois do dever e antes que o resto do pelotão levantasse da cama ao toque da alvorada.

Sei que parece errado dizer isso, uma vez que a guerra causa muitas mortes, mas a operação Tempestade do Deserto e a tempestade que se seguiu a essa minha primeira noite sozinho com Pedrão foram os melhores dias da minha vida de jovem fuzileiro.

O estaleiro naval de Brooklyn
John Dagion

Os metrôs não eram usados para dormir quando o Estaleiro Naval de Brooklyn estava operando, lotado de marujos que vinham passar o fim de semana na cidade.
O Bronx estava no seu auge. O blecaute da Segunda Guerra Mundial foi um período de mastros altos e luzes baixas. Alguns marujos ficavam pela cidade depois do baile no Roseland Ball Room, sem dinheiro para pagar uma puta e sem espaço em suas calças apertadas, recheadas com paus rígidos, especialmente no verão, quando vestiam as suas cuecas brancas minúsculas e era possível ver as veias saltando em seus cacetes superaquecidos, enquanto suas bolas inchadas gritavam por alívio. Qualquer tipo de alívio!
O metrô de cinco cents já se foi há muito tempo, o Estaleiro Naval foi-se acabando aos poucos, o Roseland Ball Room ainda persiste e o blecaute desapareceu com o fim da Segunda Guerra Mundial. Marinheiros excitados ainda navegam pelos oceanos azuis, porém, apesar de todas as nações no mundo ainda vestirem os seus marujos com os mesmos uniformes sexies, os EUA resolveram vesti-los como insípidos estudantes missionários em uniformes desbotados.
Lá se foram as famosas "portas do céu" das quais qualquer aficionado por "frutos do mar" se lembra tão calorosamente como sendo as portas para o paraíso que enviaram vários marujos ao Éden durante alguns poucos minutos, mas as lembranças de marujos e a carne jovem militar são coisas que não se acabam.
O livro de onde saiu esse trecho, uma produção independente de Coney Island Knights, conta algumas histórias sobre o Estaleiro Naval

de Brooklyn ocorridas pouco depois da Segunda Guerra Mundial e durante o início da guerra da Coréia.

Os leitores podem se lembrar de outros estaleiros navais, mas o de Brooklyn foi o pai de todos eles. Fizeram filmes a seu respeito, escreveram musicais para a Broadway e há várias pessoas mais velhas cujos olhos se turvam ao falar sobre o Avô da Marinha!

Apenas um marinheiro da Pensilvânia

Depois de terminar o segundo grau, Walt Winnochec alistou-se na Marinha. Durante todo o período de treinamentos em Great Lake, ele não parava de impressionar os seus companheiros recrutas com os seus dotes, que lhe valiam elogios nos vestiários e venciam apostas nos bares. Não demorou muito para que ficasse famoso entre aqueles que o procuravam em busca do que desejavam. Walt logo se tornou uma lenda.

É claro que havia aqueles que o criticavam, mas ele estava cagando e andando para isso. Ele queria provocar todo mundo, especialmente nos chuveiros ou nos bares, onde todos enchiam a cara e a bagunça se instalava.

Depois que todos já estavam bêbados, ele era o primeiro a aceitar o desafio de mostrar o que tinha. Venceu inúmeras apostas de bar com o seu belo instrumento

Uma das apostas clássicas entre os recrutas de todas as divisões consistia em verificar qual era o pau duro sobre o qual cabiam mais níqueis, no espaço compreendido entre a virilha e a cabeça. Walt tinha sempre os seus dezesseis níqueis garantidos, além de mais algumas bebidas por vencer a aposta. Se lhe permitissem esticar o seu longo prepúcio, ele ainda era capaz de conseguir espaço para pelo menos mais uns vinte cents.

É claro que Walt sabia que podia ganhar mais do que trocados. Ele descobriu que havia sempre alguém olhando para ele, interessado em comprar um pirulito com algumas verdinhas, e Walt certamente era o melhor baleiro de toda Great Lakes.

Ele aprendeu que, ao usar banheiros públicos, deveria ficar bem afastado dos urinóis, para que os que estivessem por perto pudessem ver o seu material. Ele se expunha para qualquer um e freqüentemente flagrava olhares de esguelha de outros homens que urinavam ao seu lado, percebendo que eles estavam se masturbando enquanto olhavam seu pau. Isso realmente o excitava.

Ele exibia a sua carne de primeira com outros marujos para ganhar uma grana extra para cerveja e cigarro. Apesar de não fumar, Walt era freqüentemente abordado por homens que rodavam em seus carros caçando homens. Eles sabiam que o seu charuto king size era o melhor tabaco de toda a Marinha. Walt era contratado para se exibir em festas, sendo sempre a principal atração. Ele era completamente desinibido e tinha prazer em ser o centro das atrações. Certa noite, esticou o seu trabuco sobre uma mesa na casa de um de seus anfitriões, vestindo apenas seu chapéu de marinheiro e suas meias pretas, enquanto outros homens nus, muitos dos quais haviam trazido consigo marinheiros que trabalhavam como garotos de programa, faziam um círculo ao seu redor numa mistura de jogo da garrafa e dança das cadeiras, enquanto ele ficava lá, estendido, sendo chupado e admirado, um após o outro, pelos homens presentes e por alguns dos garotos de programa.

Walt nunca se cansava de demonstrar, para quem quisesse ver, que ele era realmente o orgulho da Marinha americana e que tinha a maior âncora de todos – talvez fosse a de um dos contratorpedeiros, o Departamento da Marinha não tinha um registro oficial.

Os seus primeiros dois anos de serviço deixaram-no mais experiente, de modo que quando se realistou para o seu segundo período sua carreira realmente começou a florescer.

Walt foi enviado ao Estaleiro Naval de Brooklyn, em março de 1951, quando a Guerra da Coréia explodiu. Aquele era um lugar maravilhoso, ele se divertia muito, e foi lá que descobriu não estar sozinho em suas perversões.

Ele conheceu outros homens que compartilhavam de sua excitação em ser o centro das atenções, ou que gostavam de ficar em segundo plano enquanto Walt atraía os seus olhares famintos com o seu talento sexual.

Como todos os rapazes bem dotados, ele logo percebeu que os seus eram verdadeiros "ovos de ouro".

O seu "ouro" era o seu pau sempre duro, eternamente necessitado e sempre disposto a compartilhar suas aptidões com homens ainda mais dispostos a pagar pelos seus serviços. Serviços que normalmente requeriam nada mais do que se manter passivo enquanto eles se entretinham, ajoelhados entre as suas pernas ou a seus pés.

Descobriu que podia vender a sua jóia por centímetros e fez mais dinheiro do que qualquer garoto de programa da Sands Street no Brooklyn, Times Square, arredores do USO ou do outro lado da rua do USO, no Kelly's Bar.

Ele descobriu o banheiro masculino do andar de baixo do Grand Central, com suas longas fileiras de urinóis, onde os homens procuravam mais do que um lugar para uma simples mijada. Ele tirava o seu cabo para fora, sorrindo ao ouvir os comentários e sabendo que os olhos ficavam grudados nele. Naturalmente, alguns o seguiam escada acima. Depois de trocar algumas palavras com eles, ia embora com aquele que tivesse dado o lance mais alto.

É claro que não demorou muito para descobrir as vantagens do metrô. Era uma viagem barata e os banheiros eram perfeitos para a pegação.

O seu banheiro de metrô favorito era aquele grande do BMT da Time Square. Havia um maior na divisão IRT da estação, onde a maioria dos turistas e funcionários do metrô ia mijar. O banheiro do BMT era onde os garotos de programa e transeuntes iam caçar homens. Havia uma longa fila de urinóis e outra fila igualmente longa de homens mijando, ou pelo menos fingindo fazê-lo, enquanto checavam uns aos outros.

Walt sempre se posicionava suficientemente atrás para que todos pudessem, sempre com óbvia inveja, ver o que ele estava exibindo. Ele gostava de desabotoar os treze botões de sua "porta do céu" como quem não queria nada para então, lentamente, alcançar e botar a sua ferramenta para fora, deixando-a lá, pendurada, enquanto mijava. Ele ficava de pé com a mãos nos quadris, os polegares enganchados no cós da calça, sabendo que todos os olhares estavam sobre ele. Os homens se masturbavam olhando para ele com água na boca, ansiando pelo gostinho daquilo que ele tinha em maior quantidade do que a maioria dos homens de 23 anos na época.

Ele sabia que os homens mais distantes viravam a cabeça para tentar ver o que estava causando tanta excitação próximo a ele.

Walt ficava lá, de pé, deixando que as últimas gotas de âmbar caíssem de seu prepúcio longo e molhado. Depois puxava o pente do bolso, removia o seu chapéu e penteava o cabelo, deixando que seu cabo pingasse até secar, sentindo-o inflar-se de sangue enquanto crescia e começava a ficar duro – todos os olhos fixos nele.

Ele ia lentamente ficando ereto, subindo um pouco mais a cada nova batida de seu coração, até ficar num ângulo de quarenta e cinco graus com a sua barriga lisa. A cobertura aveludada se retraía sobre a cabeça viscosa e molhada e aqueles que estavam ao seu lado podiam sentir o cheiro da cabeça de seu cacete.

Ele não prestava atenção aos homens ao seu redor, olhava fixo para a parede em frente e sentia o cotovelo dos homens que tentavam tocá-lo suavemente, procurando chamar a sua atenção. Walt, porém, mantinha o olhar fixo na parede em frente como se não houvesse ninguém ali além dele.

Quando o seu pênis já estava duro como uma rocha, ele suspirava, guardava o seu pente, recolocava o seu chapéu e então se afastava do urinol para dar a todos a chance de uma última olhada. Então, casual e sempre lentamente, guardava o seu volume e abotoava a calça. Ficava no banheiro o tempo suficiente para que aqueles que estivessem esperando para usar os urinóis pudessem ver os seus atributos em toda a sua glória, expostos por sua braguilha aberta.

As calças dos uniformes da Marinha foram feitas para a exibição. Era difícil esconder até o pau mais diminuto.

Quando a braguilha em forma de U era aberta, exibia todo o ventre do marujo como um quadro de filme. Walt nunca usava cueca quando ia para a cidade.

A "porta do céu" aberta mostrava o seu ventre peludo, enquanto seus ovos ficavam dependuradas na borda interna, o arbusto dos pentelhos capturando a luz de modo a evidenciar o seu abrasador brilho azul escuro.

Depois de se abotoar e ajeitar o caralho duro cuidadosamente para um dos lados de suas calças apertadas, Walt ia embora, seguido por olhares de desejo e até mesmo fome.

Havia vezes em que ele prestava os seus serviços a algum cliente, ficava em ponto de bala, sem no entanto chegar ao limite, enquanto o chupador já tinha se satisfeito e terminado a sessão. Ocasionalmente, Walt exibia as suas mercadorias para os olheiros no banheiro do metrô. Eles ficavam em fila, alguns encostados na parede, só olhando, enquanto brincavam com seus paus com as mãos enfiadas no bolso.

Walt dava alguns passos para trás e começava a tocar uma punheta lentamente, brincando com suas bolas, masturbando-se para exibir a sua superpica em toda a sua glória, enquanto a boca dos espectadores famintos se abria.

Se alguém tentava tocá-lo, ele se afastava ou indicava que era "intocável", continuando a se conduzir lentamente ao clímax.

Ele podia ver jatos de porra espirrando nos urinóis enquanto os espectadores se excitavam com a sua provocação. Walt ficava de pau duro, jorrando uma enorme carga de porra a seus pés num clímax vigoroso. Ele puxava cuidadosamente o longo capuz sobre a cabeça de seu pau, espremendo os últimos glóbulos de porra, deixando-os cair no chão com o resto do fluido. Então voltava a guardar o seu equipamento, abotoava a calça lentamente, e ia até uma pia para lavar as suas mãos e rosto. Freqüentemente havia um homem, às vezes até vários, de joelhos lambendo as poças de porra grossa do chão antes mesmo de ele ir embora, e isso o excitava incrivelmente!

Vez por outra, contudo, Walt fazia um programa com uma das bichas do banheiro.

Muitos o seguiam. Ele era abordado e levado a algum lugar ermo, como uma esquina deserta. Freqüentemente era seguido até o metrô da Broadway, onde era admirado, até que o homem que o seguia tivesse chance da abordá-lo

Walt sempre se fazia de difícil. Ele podia bancar esse jogo. Já tinha aprendido fazia muito tempo que tudo o que era mais difícil de conseguir era sempre mais valorizado.

Ele sempre dizia ao chupador que era hetero. Ele era mesmo, mas todas as garotas com que ele já havia transado diziam que o seu pau era grande demais, que as machucava, e raramente podiam dar a ele o que ele queria e de que, aliás, precisava com freqüência.

Todos os chupadores com quem saía ficavam extasiados por ele ter um mastro tão grande. Eles nunca reclamavam e ainda lhe ofereciam dinheiro, bem diferente da provocação que as bocetinhas costumavam fazer para arrancar o seu pouco dinheiro de marujo.

Lembrava-se de seu pai, que dizia que as mulheres estavam sempre atrás de dinheiro e que, quando ele acabava, a relação também tinha fim. Suas namoradas costumavam gastar o seu dinheiro e depois deixá-lo necessitado. Os chupadores nunca tinham feito isso com ele!

Os dias de pagamento eram muito distantes uns dos outros, ao passo que sua necessidade era constante. Marinheiros jovens eram assim.

Walt, que havia sido insistentemente abordado desde o segundo grau por homens como Silas Johnson, andava sempre excitado. Ele nunca teve muita dificuldade em encontrar alguém que quisesse lhe dar uma mãozinha.

Ele descobriu a vantagem adicional da recompensa monetária. Pelo menos uma vez por dia, ele encontrava um cliente de boa vontade a quem ele tinha sido apresentado por um dos vários adoradores de seu pau.

De posse de todo esse conhecimento a respeito dos caçadores de homens, não foi preciso muito tempo para que ele descobrisse as intenções daqueles que o seguiam até o trem com destino ao Brooklyn e ao Estaleiro Naval. Eles também sabiam que a corrida costumava ser lenta e longa, durante até tarde da noite, com o trem freqüentemente quase vazio – especialmente nos últimos vagões.

Quando percebia que estava sendo seguido, ele começava a fazer o seu jogo. Ele provocava.

Tomando o *shuttle* de Times Square para a Grand Central, ele olhava para o homem que o estava seguindo, numa brincadeira de gato e rato. Na Grand Central ele baldeava para a linha Lexington, e com certeza era seguido.

Walt gostava do metrô IRT com seus vagões grandes e pouco iluminados. Sabia que aquele era um bom lugar para transar, especialmente se uma das portas não se abrisse.

Os olhares de desejo, a esperança – a ânsia louca por um cacete estampada em seu rosto! Quando percebia que estava correndo o risco de perder o pretendente, ele se concentrava em deixar o pau duro. Ao ver o seu mastro, o estranho voltava imediatamente à caça.

O maquinista Winnochec esperava no final da plataforma, de onde vinham sempre alguns olhares de desejo, enquanto ele ficava lá de pé, com suas calças excessivamente apertadas e reveladoras, oferecendo o que ele sabia que estava sendo procurado, procurando o que ele precisava.

Quando o último vagão vazio parava, ele entrava. O homem o seguia, faminto por um caralho.

Quando o chupador se sentava, Walt caminhava até ele, posicionava-se à sua frente, segurando na barra de ferro, enquanto estudava o mapa do metrô na parede. É por isso que os caçadores espertos sempre se sentam perto do mapa. Ele oferecia o que tinha – e o chupador caía na provocação. Walt recuava, pedindo dinheiro para uma cerveja – dois dólares pagavam várias cervejas a quinze cents o copo. Não havia muito tempo. Os chupadores sempre gozavam primeiro e Walt demorava mais. Haveria outros a fim dele. Ele ainda faria mais algumas viagens antes de considerar a noite ganha.

O chupador começava. Eles faziam o acordo na estação da 33rd Street, na 28th Street eles já estavam engatados; quando o trem parava, ninguém entrava. Na 23rd o chupador mandava ver. Na 18th ele já estava tentando abocanhar mais do que a sua garganta agüentava. Ele engasgava e o reflexo fazia com que a sua garganta drenasse o pau duro como uma rocha de Walt. Todos tentavam, mas poucos conseguiam engolir toda a sua rola pulsante do jeito que Silas sempre fez.

Alguns conseguiam, contudo, e Walt sentia as suas gargantas se esticarem até o limite máximo, enquanto seus lábios inchados circundavam a base peluda de seu instrumento. Ele sempre ficava excitado quando os olhava tentando abocanhar o seu material, vendo as veias em seus pescoços saltarem quando engasgavam e perdiam o fôlego tentando manter o nariz pressionado contra a sua pélvis dura e peluda, mas sempre falhando em acomodar seu trabuco mais fundo na garganta esticada ao máximo.

Quase sempre, o boqueteiro ficava superexcitado e no limite. Ele gozava rapidamente antes da estação da 14th Street, quando Walt então guardava sua ferramenta, e o chupador, com seu tesão aliviado, estava louco para ir embora.

Graças a Silas Johnson, Walt aprendeu a se controlar. Silas sempre o fazia ficar em ponto de bala, mas sabia quando recuar, fazendo-o reservar o seu fogo para uma outra rodada. Walt era capaz de segurar a onda por horas. Mas os boqueteiros sempre batiam punheta e gozavam enquanto o estavam chupando.

Depois eles se apressavam em pagá-lo e ir embora, e ele ainda era capaz de procurar um outro chupador para mais prazer e recompensa.

Walt se dirigia mais uma vez para a cidade, o seu estopim ainda aceso, sem que sua carga tivesse sido detonada. Havia vapor – ou seria fumaça – por trás de sua "porta do céu".

Ele fez uma última viagem, dessa vez para aliviar as suas bolas. Sua carteira estava cheia e também as suas bolas. Ele tinha que se aliviar para poder dormir.

O seu próximo chupador caiu na rede – ele já estava fisgado no minuto em que o trem saiu da Grand Central. Eles estavam no último vagão, ocupado apenas por um bêbado adormecido na outra ponta.

Walt tinha aberto tudo menos os botões laterais de sua "porta do céu". Seu mastro erguido despontava da calça, projetando-se sobre sua barriga, escondendo-se sob a parte de baixo de sua blusa.

Walt ficava assim com freqüência. Às vezes, quando andava na rua e estava realmente necessitado, seu pau ficava duro, tornando o caminhar desconfortável por causa da pressão na perna de suas calças.

Ele andava pelas ruas desse jeito. Era quase como andar com o pau para fora. Era só erguer os braços e qualquer um que estivesse olhando para ele pelo motivo que ele gostava de ser olhado podia ver o seu caralho grosso despontando e desaparecendo sob a sua blusa. Ah, como eles olhavam, babavam e o desejavam. As propostas eram freqüentes.

Agora ele estava provocando um estranho que o desejava no vagão do metrô. O homem não era do tipo que em geral abordava Walt, ou pelo menos não era o tipo de chupador facilmente identificável por ele.

Ele era grande e musculoso, prováveis cinqüenta anos, e estava obviamente a caminho de casa depois de um longo dia de trabalho. Ele ficou olhando Walt. O marinheiro sabia por quê. Quando deixou sua mão deslizar pela coxa e deu um apertão na própria pica, Walt viu o olhar no rosto do homem.

Ele tinha cabelos escuros encaracolados e grisalhos nas têmporas, era careca no alto, barba de um dia e olhos negros profundos e penetrantes que continuavam fixos no cacete de Walt.

O homem vestia calças sociais e uma camisa marcada de suor. Ele parecia qualquer coisa, menos alguém querendo uma pica.

Quando Walt se apalpou novamente, viu o homem apertar o

seu pau já duro e esticado na perna de sua calça. Ele o esfregava para cima e para baixo enquanto continuava a olhar.

Walt andou até a porta para o outro vagão, virou-se para sorrir na direção do homem e ergueu o braço para agarrar as barras, enquanto o trem oscilava. O desconhecido viu a ferramenta de aço despontando do alto da "porta do céu" aberta. Seu queixo caiu e ele passou a língua nos lábios.

O homem se levantou. Walt viu o seu pau inchado armando a tenda em suas calças largas e uma pequena mancha molhada surgir no tecido fino onde a cabeça do caralho se esforçava para se libertar de seu confinamento. Walt foi até o vestíbulo que dava para o outro vagão. Apoiando-se na porta, ele abriu os outros botões, deixando a dobra do tecido cair, exibindo orgulhosamente o seu mastro ereto bem na hora em que o outro homem passou pela porta e o viu.

– Quero chupar a sua rola feito um louco, marujo! – foi tudo que disse enquanto olhava para Walt.

Walt se excitou ao ver aquele homem grande, pelo menos dez centímetros mais alto do que ele, ajoelhar-se à sua frente e olhar para cima com olhos quase suplicantes, do mesmo jeito que o bom e velho Silas sempre fazia antes de satisfazê-lo.

– É todo seu, cara – disse Walt. – Chupe o quanto agüentar.

O grandão não disse nada, apenas caiu de boca. Walt deixou sair um gutural e satisfeito "Isso".

Enquanto o trem oscilava, Walt permaneceu ali de pé, sendo tratado rapidamente.

Um homem daqueles era uma emoção adicional para Walt. Ele o fazia lembrar alguns dos camaradas de seu pai do Sindicato dos Trabalhadores de Minas de Carvão de sua cidade, Wyoming Valley, na Pensilvânia, que o haviam procurado secretamente depois de descobrir como ele era bem dotado para um adolescente – especialmente o grande urso, Big Stan, o chefe do sindicato seu pai.

Walt estava duro como uma rocha. Ele oscilava com os movimentos do trem, deixando que o balanço natural fornecesse todo o movimento de que ele precisava para aproveitar o boquete e a penetração na garganta do estranho. Quando sentiu que estava chegando ao ponto máximo, ele riu, sibilou e então gritou alto como uma baleia atingida por um arpão enquanto os brilhantes clarões atravessavam o seu sistema nervoso.

O homem a seus pés estava se masturbando enquanto mamava. Quando o néctar dos deuses de Walt jorrou, enchendo a boca do chupador, ele disparou a sua carga de porra formando uma poça entre os pés do marujo e olhou para ele com os olhos arregalados, enquanto Walt guardava o seu instrumento de volta dentro das calças e o trem ia parando até chegar na estação.

O homem se levantou, olhou a sua própria porra que tinha escorrido de seu pau sobre a sua mão. Ele ergueu o seu punho para Walt e então olhando-o nos olhos, o lambeu.

– Obrigado, marujo – disse o homem numa voz rouca, levantando-se. – Acho que nós dois estávamos precisando disso! Você com certeza estava carregando um peso bem grande. Eu também. Acho que nenhum de nós ia conseguir agüentar por mais tempo. Talvez a gente se cruze novamente, marujo. Fique bem!

O grandão saiu do vagão e seguiu pela plataforma, passando pela catraca e alcançando a rua.

Walt nem sequer pensou em pedir a ele alguns dólares para a "cerveja". Ele nunca fazia isso com homens assim. Aquele era o tipo de homem que sempre o excitava de um modo que ele não conseguia compreender, exceto pelo fato de que o Grande Stan tinha evidentemente deixado a sua marca nele aquele dia no banheiro masculino do Sindicato dos Trabalhadores em Minas de Carvão.

Depois de tudo acabado, ele se transferiu para o metrô da Sixth Avenue IND rumo a York Street, no Brooklyn. Ele odiava o IND: era novo, as luzes eram brilhantes e não havia vestíbulos entre os vagões.

Mas Walt aprendia rápido. Logo descobriu que havia outros como ele que tinham descoberto as alegrias do fim de noite, das viagens solitárias subterrâneas e que tinham as suas próprias e pervertidas inclinações.

Este relato foi selecionado do livro Coney Island Knights, *de John W. Dagion.*

Loucura naval
William Cozad

Eu nunca pensei que teria chance de botar as mãos em Joe. Ele tinha sido o meu ídolo na época do segundo grau, embora nem soubesse que eu existia. Ele era atlético e praticava todos os esportes, eu era um devorador de livros.

Continuei na minha cidade natal depois de terminar o colegial, trabalhando na venda da família. Eu pensava em cursar uma faculdade, mas precisava ajudar os meus pais. Se eu não ficasse de portas abertas até tarde da noite vendendo bebida, os negócios da família iriam por água abaixo.

Às vezes eu me sentia como um prisioneiro naquela lojinha. Os meus colegas de turma tinham se dispersado como baratas à luz do dia, indo para cidades maiores, ingressando em faculdades, e alistando-se no Exército e casando.

Quando terminava de cuidar do estoque, eu me sentava no balcão à espera de clientes, lendo o que o meu pai chamava de romances água com açúcar. Essa era a minha maneira de fugir para outros lugares onde havia pessoas interessantes. Meus pais tentaram me casar, mas eu não estava interessado. Eu tinha outros desejos guardados dentro de mim, mesmo que tudo não passasse de uma grande viagem.

Eu sentia tesão por outros rapazes. Bem, por um rapaz em particular – Joe, o atleta que tinha se alistado no corpo de fuzileiros navais para lutar pelo nosso país.

Ele apareceu na loja no final do verão. Achei que estava vendo coisas. Lá estava ele, em carne e osso, sem dúvida nenhuma. Era ele mesmo, usando um uniforme de fuzileiro.

— Como é que vai, cara?
— E aí, Joe, como é que você está?
Meu Deus, como ele era bonito. Não o tipo alto e grande de fuzileiro naval. De estatura mediana como eu, mas todo músculos. E bronzeado.
— Acabei de terminar o treinamento.
Acho que eu estava olhando fixo para ele, embaraçando-o, provavelmente. Ele tinha cabelos castanhos e olhos azuis que faiscavam. Eu não sabia o que dizer.
— Em que posso servi-lo?
— Preciso de cigarros. Camel com filtro.
Eu lhe passei um maço e marquei na caixa registradora, enquanto ele acendia um cigarro.
— Você está bem. O uniforme é bem elegante.
Sei que isso soou idiota. Mas ele realmente estava muito bonito, como aqueles fuzileiros navais dos pôsteres de recrutamento. A verdade era que ele ficaria bem até num avental branco como o que eu usava na loja.
— Sinto orgulho dele. Muitos homens valentes já vestiram esse uniforme.
O sino tocou de repente na porta e nós fomos interrompidos pela velha senhora Vawter — era assim que todos a chamavam —, que havia entrado para comprar os seus costumeiros biscoitinhos e cigarros — isto era tudo o que ela sempre levava.
Eu estava começando a sentir um comichão no meu pau bem na hora em que ela entrou. A verdade é que eu já devia ter me masturbado milhares de vezes pensando em Joe. Ele era o cara mais bonito da escola, todas as meninas diziam isso. Eu sabia que nunca teria uma chance, mas sonhar não é proibido, não é mesmo?
Os clientes começaram a pingar, o que me deixou irritado. Eu não queria que Joe fosse embora. Até comprei uma Coca para ele.
— Papai está atrasado novamente. Eu já devia ter ido embora.
Quando ouvi a sua picape estacionar atrás da loja, dei um suspiro de alívio.
— O que acha de fazermos alguma coisa juntos?
— Huh? — eu disse.
— Gostaria de ir ao boliche?
— Claro.

Papai deu um caloroso olá para Joe e o velho e costumeiro meneio de cabeça para mim. Acho que ele desejava ter um filho como Joe em vez de mim. Eu amava o meu pai, não me entenda mal. Eu era um bom filho, mesmo não sendo um atleta ou soldado. Trabalhava duro durante longas horas na loja, a mais pura mão-de-obra barata.

Boliche? Eu nunca tinha jogado na vida! Mas eu teria concordado em fazer qualquer coisa com Joe, só para ficar por perto e poder olhar para ele. Fiquei me perguntando, porém, por que ele queria sair comigo. Talvez porque eu fosse praticamente o único de seus colegas de escola que ainda estivesse na cidade.

Fomos para a cancha de boliche.

Joguei muito mal, mas Joe não se importou. Ele se divertiu, mostrando-me como segurar e lançar a bola. Fez um monte de *strikes*. Acho que eu bati o recorde de canaletas, mas fiz alguns *spares*. Apesar de tudo, eu estava me divertindo.

Eu não queria que a noite terminasse. Achei que Joe só estava sendo legal comigo porque tínhamos estudado juntos. Ele provavelmente ia ligar para alguma garota que conhecia e me largar. É a vida. Eu já tinha várias imagens dele no uniforme com aquela bunda musculosa e o cacete grande. Eu podia me masturbar pensando nele durante dias.

– Quer dar uma volta? – perguntei.

Eu tinha convencido o meu pai a me emprestar a picape para sair com Joe.

– Sim. É bom ver a boa e velha cidade natal. Mas ela mudou. Algumas coisas foram destruídas, outras construídas...

– É o progresso.

– Parece que sim, mas gostaria que ela permanecesse igual para sempre.

– Nada permanece.

– Eu sei.

– Quer farrear?

– Onde? – ele perguntou.

Eu mostrei a ele. Parei na loja, peguei duas caixas de cerveja e dirigi a caminho do córrego.

– Como é ser fuzileiro?

– Trabalhoso. Trabalho físico duro. E eu que achei que estava em forma. Uau! Nosso instrutor acaba com a gente. Mas eu me sinto bem. Melhor do que jamais me senti na vida.

Lá no córrego já estava escuro. A lua ia alta no céu. Uma coruja piou. Podíamos ouvir os grilos aos nossos pés e ver os cervos bebendo água.

– Por que você me procurou?

Não sei por que lhe perguntei isso. Talvez a cerveja tenha me afetado.

– Somos amigos.

– Tudo o que já dissemos um ao outro foi olá. Como navios que se cruzam na noite e apitam um para o outro.

A luz de prata da lua banhou a picape azul clara. Joe esticou as suas pernas, deixando-me ver o seu caralho na horizontal, dentro das calças de seu uniforme – duro, se eu não estava enganado.

– Acho que você gosta de mim, não é?

– Claro que sim – eu disse.

– Você costumava olhar para mim de vez em quando, eu sei. Você ia a todos os jogos.

– Eu era um torcedor.

– Isso é tudo?

– Oh, Joe, eu te queria como aquelas chefes de torcida. Merda! Estou bêbado. Agora você provavelmente me odeia.

– Você pode tomar o que quiser de mim.

– Eu quero você, Joe. Eu sempre te quis.

Eu toquei a sua rola. Ela estava dura como um cachimbo de aço. Eu a apertei.

Ele podia me matar, mas agora eu ia tirar o seu pinto para fora e olhar para ele. Abrindo a braguilha das calças de seu uniforme, eu libertei a sua jeba rígida. Era comprida e grossa de verdade. Havia uma substância viscosa escorrendo que deixou os meus dedos pegajosos.

– Chupa o meu pau – ele gemeu.

Eu segurei o seu mastro (o que eu mal podia fazer com uma mão só) e então me curvei sobre ele e o lambi. A substância tinha sabor de mel.

Eu nunca tinha feito nada parecido antes. Isso era coisa de veado, eu sabia, mas não me importava. Eu não conseguia parar. E Joe com certeza poderia ter me impedido se quisesse. Tive medo do que ele pensaria de mim depois. Talvez ele me arrebentasse. Ele era um matador treinado. Talvez me apagasse. Nem mesmo essa idéia me brecou.

Eu tive que abrir muito a minha boca, como quando se diz "ah" para o médico. Então coloquei os meus lábios ao redor daquela pica quente e úmida de fuzileiro.

– Chupa. Chupa este pau.

Talvez ele tenha pensado que eu era a bicha-mor da cidade. Talvez eu fosse, mas nunca tinha visto o caralho duro de outro cara antes, imagine tocá-lo ou prová-lo. Fiquei pensando por que Joe havia escolhido a mim quando havia milhares de garotas como aquelas chefes de torcida da escola que seriam capazes de matar para ter aquela vara.

Enquanto chupava a cabeça do seu instrumento, desabotoei a camisa do seu uniforme e senti o seu peito. Ele era liso e estava brilhando de suor.

Quando apertei os seus mamilos, ele empurrou a sua pélvis para cima e eu engoli o seu pau ainda mais fundo. Eu podia senti-lo crescer enquanto o chupava. O meu próprio pau estava se debatendo dentro do meu jeans, me deixando todo molhado. Tirei aquele cacete do tamanho de uma caneca de cerveja da minha boca e bati uma punheta para ele. Lambi as suas bolas e as chupei. Isso o deixou realmente excitado, percebi pelo modo como ele se contorcia. Voltei a abocanhar sua tora imensa e ele esfregou os meus cachos louros, empurrando a minha cabeça para baixo e metendo mais fundo em mim.

– Chupa este pau de fuzileiro, cara.

Eu passei a língua no pau cheio de veias sob a fissura sensível da sua cabeça enquanto ia para cima e para baixo, engolindo milímetro após milímetro de pica dura e quente. Minhas narinas estavam enterradas em seus pentelhos e eu mal podia respirar. Sua floresta peluda e castanha cheirava a sabonete e suor ao mesmo tempo e fazia cócegas em meu nariz. O seu pau pulsava enquanto eu o lavava com saliva e o chupava, cada nervo seu respondendo ao meu banho de língua.

Eu mexi no seu saco e apertei suas bolas grandes enquanto o chupava.

– Vou disparar. Chupa mais rápido.

Ele não precisava ter me dito. Eu podia sentir os espasmos na base da sua vara. Dava para sentir sua porra prestes a jorrar. Então o líquido viscoso esguichou pela minha garganta e encheu a minha boca. Grossa, melosa, uma porra que tinha sabor de vinho doce. Eu fechei a minha boca com firmeza ao redor do cabeça de seu pau e peguei tudinho. Apesar de ser a minha primeira vez, não perdi uma única gota do seu precioso fluido masculino.

Tirei a minha boca daquele pau gigantesco e olhei para Joe, para o seu peito nu, apenas com as placas de identificação, para o seu rosto sorridente, e me perdi nas profundezas daqueles olhos azuis ardentes. Acho que naquele momento eu pude ver a sua alma.

– Esperei tanto que isso acontecesse. Eu vivi apenas para este momento – ele confidenciou.

– Eu te queria tanto, Joe. Eu nunca acreditei que pudesse ter você.

– Eu sei.

Ele estendeu a mão e me agarrou. Seu pau amoleceu e eu fiquei um pouco decepcionado por tudo ter acabado. Tinha sido tão bonito. Eu sabia que jamais o esqueceria ou a essa experiência enquanto vivesse.

Ele provavelmente nunca me deixaria beijar a sua boca. Num impulso, porém, beijei o seu caralho. O filho da puta respondeu como uma cobra saindo de uma cesta. Expandiu-se e endureceu todo, ficando novamente ofensivo e úmido.

– Você é um homem maravilhoso – eu disse.

– Você também, garoto.

Ele agarrou o meu pau duro feito uma rocha.

– Deixe-me olhar para você enquanto me masturbo. Por favor, Joe. Eu preciso muito gozar.

– Tenho outra idéia. Saia da picape.

Era uma noite quente e eu estava todo suado. Sentia o cheiro do meu próprio corpo.

Eu estava um pouco assustado. O que Joe ia fazer? Talvez ele fosse ter um ataque. Ele tinha ganho um boquete de outro homem. Talvez ele fosse veado e não quisesse ser. Talvez ele estivesse me culpando por fazer essa sua característica vir à tona. Os fuzileiros navais eram matadores treinados. Ele poderia ter me sufocado até a morte com o seu cacete se quisesse. Mas a minha pica ainda estava dura como um tijolo.

Joe rasgou algumas caixas de papelão e as esticou na caçamba da picape. Então praticamente me jogou na traseira do veículo, arrancando as minhas roupas. Se ele estava pensando que ia me violentar, teria uma bela surpresa – eu ia *deixar* que ele fizesse o que bem entendesse comigo! Arrancando o seu uniforme de fuzileiro, ele se deitou sobre o meu corpo nu.

– Oh, Joe, eu te quero tanto.
– Eu também te quero, camaradinha.

Ele se deitou de bruços e eu olhei para as bandas gêmeas de sua bunda macia e musculosa sob o brilho da luz da lua.

– Beije. Beije esta bunda de fuzileiro.

Não sei se ele estava querendo me humilhar ou coisa parecida. Mas não importava. Eu beijei as suas nádegas tenras e as separei. Então lambi o seu rego sem pêlos e passei a língua pelo seu cuzinho rosado.

– Coma. Coma esta bunda de fuzileiro.

Ele queria que eu fizesse nele exatamente o que eu também desejava fazer, comer a sua bunda. Deixei o seu cu todo molhado de saliva. Montei nele, colocando o meu cacete úmido no seu cu e empurrei a cabeça para dentro.

– Uau! Puta que pariu – ele gritou.

Achei que o podia estar machucando, mas esse não era evidentemente o caso, porque ele esticou a mão e agarrou a minha bunda, empurrando ainda mais o meu mastro para dentro do seu cu quente. Tenho certeza de que ele nunca tinha sido comido antes, pois o seu cu era tão apertado que me deu a sensação de ter um torno apertando o meu pau, até que eu consegui abri-lo totalmente.

– Come esta bunda de fuzileiro. Come.

Cavalos selvagens não teriam conseguido me arrancar da sua bunda. Quando enchi o seu buraco com o meu pau, senti-me no paraíso! Eu não sabia que podia haver uma sensação tão deliciosa quanto a de ter o meu músculo do amor enfiado no seu cu.

– Com força, me come com força!

Ele me implorou para ser rude e eu fui. Ele era um homem e podia agüentar o tranco. Eu mandei a minha rola para dentro e para fora, cada vez mais fundo, até que as minhas bolas colidiram com as suas nádegas e a minha tora explodiu na sua bunda, melando-a com o meu fluido quente e viscoso. Eu caí exausto e suado sobre as suas costas bronzeadas. Quando nos levantamos, percebi a poça de porra que Joe tinha esguichado no papelão enquanto eu comia a sua bunda.

Ele era um homem de verdade e podia agüentar qualquer coisa, inclusive o meu pau. Nós ficamos no córrego bebendo o resto da cerveja e conversando. Ele até me beijou na boca.

Joe passou todo o mês em que esteve de dispensa rondando a loja enquanto eu trabalhava, e saindo comigo toda noite. Meu pai achava que a gente estava comendo umas garotas. Cara, como ele estava enganado. Tudo o que eu e Joe comíamos era um ao outro.

Parceiros de sacanagem
J. R. Mavrick

Eu participei, no segundo grau, do Programa Júnior de Treinamento de Oficiais da Reserva da Força Aérea. Era um curso com três anos de duração que corria concomitantemente com o meu currículo normal do colegial. Cheguei a cadete tenente-coronel, que era o posto mais alto que se podia alcançar. Eu também era o líder da Unidade de Treinamento, o que era, suponho, uma honra muito grande, embora eu só fizesse aquilo tudo para agradar a meus pais. Todos os membros da minha família haviam seguido uma carreira militar, portanto esperava-se, talvez até exigia-se, que todos os homens da família servissem ao país. Uma das vantagens de participar desse programa militar era receber um posto mais alto quando se entrava nas Forças Armadas. Em outras palavras, alistei-me na Força Aérea com algumas divisas à frente dos meus pares. Isso, é claro, punha uma grande responsabilidade sobre os meus ombros e aumentava a expectativa de meus superiores a meu respeito.

Ao chegar à Alemanha Ocidental, fui quase imediatamente promovido a líder da equipe, posição normalmente assumida por sargentos mais antigos, e não por novos recrutas tipo Top Gun. Eu tinha aproximadamente dez aviadores na minha equipe sob a minha direta supervisão – além de vários empregados civis alemães. Nem é preciso dizer que tinha responsabilidade mais do que suficiente para um rapaz de dezenove anos que era militar havia apenas um ano e que ainda cheirava a leite. Ser líder da equipe era como ser pai e mãe de todo mundo. Era sempre o líder que tinha que se entender com os poderosos quando alguém de sua equipe se metia em encrenca, sendo repreendido em alto e bom som na frente de suas tropas, o que era definitivamente embaraçoso. Contudo, havia também muitas vantagens nessa posição e eu não precisava dar muito duro. Eu só tinha que dar todas as ordens e beber muito café com os sargentos, o que era muito pouco comum para um aviador. Eu era muito respeitado pelas tropas, principalmente porque sempre os apoiava cem por cento quando eles se metiam em alguma enrascada.

A minha equipe era formada basicamente por jovens aviadores, em sua maioria novos na Força Aérea – não muito diferentes de mim. Talvez tenha sido por isso que conseguia entendê-los tão bem, uma vez que eu estava na mesma situação que eles. Um de meus aviadores, Jon, era esplêndido, mas extremamente petulante. Seu ego parecia ser do tamanho da protuberância eternamente presente sob o seu uniforme branco e apertado de cozinheiro. Sua arrogância era realmente inacreditável e ele se meteu em confusões praticamente desde o primeiro dia. Eu estava constantemente colocando o meu na reta, sem mencionar a minha reputação, defendendo-o e a suas várias idiossincrasias. Ele sempre estava no limite de ser severamente repreendido. Embora tivesse tentado evitar, eu me flagrei atraído pela sua natureza rebelde e logo nos tornamos bons amigos, apesar da política vigente na Força Aérea a respeito das relações entre os escalões, que basicamente proibia os subordinados de se socializarem com seus superiores. Isso era especialmente estranho para mim, porque eu era mais jovem que alguns aviadores da minha equipe, mas os meus superiores me tratavam como se eu fosse um sargento sênior.

Apesar de Jon brincar a respeito de ser bissexual, eu estava convencido de que ele era um hetero convicto e decididamente fora do meu alcance. Além do mais, eu era o seu chefe, portanto fazer sexo com ele estava fora de cogitação. Se descobrissem que estava comendo alguém das minhas tropas, eu ficaria em sérios apuros. Eles não só descobririam que eu era gay como também provavelmente me acusariam de estar usando a minha posição para assediar sexualmente os meus subordinados.

Jon tinha vinte e um anos, dois a mais do que eu, mas não parecia se importar de eu ser o seu chefe. Ele era um rapaz muito alto, de mais ou menos dois metros, com longas e delgadas pernas e uma bunda curvilínea. Seu cabelo era louro-areia e seus olhos, de um verde escuro misterioso, parecendo eternamente endiabrados. Seus lábios eram bonitos e cheios, de dar inveja ao próprio Mick Jagger. Ele tinha o hábito de lamber o seu lábios toda vez que falava com alguém. Às vezes eu tinha a sensação de que ele sabia que estava me provocando. Era tudo de que eu precisava, um sedutor na minha equipe!

Começamos a farrear juntos nos fins de semana e às vezes até mesmo nos dias de semana. Nós costumávamos ir ao Clube dos Aviadores da base e beber até cair. Um belo fim de semana decidimos ir a um clube popular em Colônia, na Alemanha Ocidental, chamado Rendèz-vous, nome aliás muito apropriado, pois lá era o lugar certo para encontrar todo tipo de gente – heteros, gays ou qualquer outra coisa. O que diferenciava o Rendèz-vous dos outros clubes alemães era uma pequena sala de projeções que passava filmes pornôs ininterruptamente. Infelizmente, só passavam filmes heteros ou, ocasionalmente, filmes de lésbicas.

Eu tinha combinado de encontrar Jon no dormitório às sete em ponto, sexta à noite. Cheguei lá um pouco cedo, por volta das seis e meia, e encontrei a sua porta destrancada. Entrei e não encontrei ninguém no quarto, apenas um bilhete sobre a TV, no qual estava escrito: "Oi, J.R., estou no chuveiro. Pegue uma cerveja e fique à vontade". Eu peguei uma Budweiser da geladeirinha, sentei-me na ponta da cama de Jon e comecei a assistir a MTV. Um George Michael tesudo apareceu e eu comecei a pensar imediatamente em paus. Alguns minutos depois, Jon entrou no quarto bem na hora em que estava acabando *Wake me up before you go-go* na TV. A única coisa que cobria seu instrumento era a pequena toalha branca amarrada na cintura. Essa era a primeira vez que o via sem roupas. Eu não tinha me dado conta do corpo excepcional que ele tinha. Seu peito sem pêlos era acentuado por mamilos avermelhados que imploravam para serem apertados e chupados. O corpo era bem torneado, com músculos definidos e o estômago superfirme. Um pequeno emaranhado de pentelhos levemente alourados formava uma linha abaixo do umbigo e seguia por baixo da toalha amarrada nos quadris delgados. Seu corpo era bonito e bronzeado. Ele estava no seu apogeu. A água pingava de suas pernas peludas e eu me imaginei de joelhos em frente a ele, lambendo cada gota como se fosse porra quente.

– E aí, J.R. – ele disse, – esperou muito?

– Uns cinco minutos mais ou menos – respondi, enquanto examinava o seu corpo musculoso da cabeça aos pés.

— Está pronto para desbundar hoje à noite, cara?
— Você sabe que sim.
Para falar a verdade, eu queria era a bunda dele esta noite!
— Fico pronto num minuto. Você sempre chega tão cedo!
— Bem, Jon, você me conhece. Militar até o fim.
— É, acho que você já passou tempo demais na guerra, meu camaradinha.

Ele tirou a toalha de sua cintura revelando o que eu esperava havia muito tempo – uma mala enorme. Sua cobra longa e delgada tinha, fácil, fácil, uns quinze centímetros quando mole. Eu só podia imaginar (e Deus sabe como eu imaginava!) como ela seria numa ereção completa. Seu pau não circuncidado estava complementado por um emaranhado de pentelhos levemente aloirados. A umidade estava pingando de sua ferramenta como um iceberg derretendo. Ele atravessou o quarto lentamente em direção ao armário e tirou de lá um par de cuecas sensuais. Virou-se com as cuecas nas mãos e voltou para onde eu estava sentado.

— Você acha que aquilo vai estar cheio de garotas quentes numa sexta à noite?

O seu pinto estava balançando na minha frente como um maldito iô-iô! Estava a apenas uns doze centímetros da minha boca faminta.

— Sim, provavelmente mais do que a gente é capaz de agüentar!

Minha boca começou a ficar cheia d'água pelo simples fato de ver a sua carne não circuncidada. Eu esperava ardentemente que ele não tivesse reparado no meu olhar desavergonhado para o "pracinha bráulio", mas eu mal podia me conter. O meu próprio pau começou a se erguer dentro da minha Levis apertada. De repente, ele se virou e, com a pose de um bailarino, curvou-se e começou a puxar a sua cueca para cima. A sua bunda sem pêlos estava praticamente na minha cara. Eu até podia ver o seu cu róseo e virgem. Meu Deus, como eu quis enfiar a minha língua e sentir o sabor do suave néctar de seu anel suculento! Como eu desejava empurrar a minha língua no seu rabo enquanto ele esporrava! Eu podia ver o seu belo par de bolas penduradas entre as pernas robustas. Vi também um pequeno emaranhado de cabelos aloirados aninhados no espaço entre as suas bolas e a fenda da sua bunda quente. Infelizmente, o *peep show* terminou logo e a sua cueca cobriu uma das bundas mais sexies que eu já tinha visto.

– Quem será a garota sortuda que vai ganhar isto aqui esta noite?
Ele deu uma bela apertada no seu caralho.
– Provavelmente uma daquelas que eu dispensar – comentei, brincando.
– Ah, cara, vai se foder.
– E se a gente trepasse com a mesma menina? – sugeri, na brincadeira.
– Nossa, seria um tesão – ele disse. – Você fica com a bocetinha molhada e eu como o cu apertadinho.
– Ei, isso não vale! Por que é você quem vai comer o cuzinho dela?
– Porque eu sempre quis comer um cuzinho bem apertado – ele me disse, olhando-me nos olhos e lambendo os seus lábios cheios, bem à sua moda.
– Vamos nessa, garanhão, senão vamos acabar nos atrasando e você não vai comer ninguém.
– OK, me dá só cinco minutos.
Ele se enfiou rapidamente num jeans extremamente apertado. Jon adorava exibir os seus dotes e sempre ajeitava o seu pau estrategicamente para que todos pudessem ver que ele era bem dotado como um cavalo.

Chegamos ao Rendèz-vous uma hora depois e encontramos a discoteca quase vazia. Perguntamos ao barman onde é que tinha se metido todo mundo e ele nos disse que havia uma grande festa do vinho na cidade vizinha. As festas do vinho eram muito populares na Alemanha, portanto concluímos que o lugar não lotaria naquela noite.
– Vamos ver um filme – sugeriu Jon.
– Não acha que ainda está muito cedo para isso?
Eu sabia que assistir a um filme pornô com Jon seria muito perigoso, porque eu provavelmente perderia o controle e o atacaria. Eu podia me ver rasgando o seu jeans colado na pele e chupando-o até secar tudo o que ele tinha. Achei que era mais seguro evitá-lo, mas Jon foi muito persistente. Ele estava constantemente necessitado e se vangloriando o tempo todo a respeito de suas numerosas conquistas femininas, que realmente não me interessavam nem um pouco. Ele acabou me convencendo a ver o filme, e eu entrei na pequena e escura sala de projeção com ele, ainda que relutantemente.

Ambos tínhamos uma cerveja na mão enquanto assistíamos ao filme, que parecia ser uma seqüência da mesma cena repetida inúmeras vezes. Na fila à nossa frente estavam duas garotas que riam incessantemente. Elas eram bem bonitas, mas eu tive a impressão de que eram bem mais novas que nós. Por alguma estranha razão, achei que elas eram lésbicas, pois estavam enroscadas como se estivessem com o dedo enfiado uma na outra.

– Você acha que aquelas duas ali são lésbicas? – perguntei.

– Lésbicas? Onde? – ele disse, um pouco alto demais.

As meninas riram mais alto ainda.

– Meu Deus, Jon! Não tão alto.

As duas garotas se viraram para olhar para nós. Pareciam ter uns dezoito anos. Jon tentou convencê-las a fazer uma suruba, mas elas recusaram cada avanço que ele fazia. A sua petulância tinha o poder de afastar as pessoas. Depois de alguns minutos, as meninas se levantaram e anunciaram que estavam indo embora. Jon foi ainda mais ofensivo do que costumava ser quando bebia e as meninas obviamente se ofenderam com o seu papo direto.

– À merda com essas bocetinhas! – ele gritou. – Quem precisa delas? Eu tenho o meu parceiro J.R. aqui para beber comigo.

Passamos mais umas três horas por lá até ficarmos completamente bêbados. Para falar a verdade, tivemos que chamar um táxi para voltar para casa. Jon sugeriu que eu dormisse em seu quarto para não pagar mais pelo táxi. Aceitei a sua oferta. Não estava mesmo com vontade de ir embora. Quando chegamos no dormitório, pagamos rapidamente o motorista e cambaleamos escada acima até o quarto de Jon. Estávamos rindo como dois colegiais quando finalmente conseguimos chegar ao quarto.

– Você tem um saco de dormir ou algo parecido?

– Que é isso, cara? Você pode dormir comigo na minha cama.

– OK. – Quem era eu para discutir?

Nós dois arrancamos os nossos jeans e nos deitamos na cama só de cuecas.

– Cara, não consigo acreditar que aquelas duas putinhas não toparam fazer uma suruba com a gente.

– Quem sabe era pau demais para elas? – eu disse rindo, no meu estupor de bêbado.

– Nisso você tem razão. Seria preciso uma boceta enorme para

agüentar esse pintão – ele disse, dando um apertão no seu pau meio duro.
– Ah, cara, ele não é assim tão grande.
– Eu posso provar, seu babaca.
– Ah é? Como?
– Aposto com você que o meu pau tem vinte e cinco centímetros.
– O que é que vamos apostar?
– Se o meu caralho tiver menos de vinte e cinco centímetros eu te pago vinte dólares, mas se ele tiver isso ou mais você vai ter que fazer qualquer coisa que eu pedir.
– Está bem, o show é todo seu – eu disse.
Ele começou a massagear lentamente o seu pau já meio duro em sua cueca. Começou esfregando a cabeça do cacete, seguindo um caminho meticuloso pela pica alongada.
– Cara, isso tá ficando muito bom – ele disse, continuando a esfregar a sua imensa masculinidade.
Ele ficou de pé na ponta da cama e começou a tocar uma punheta para valer. Eu apenas me reclinei e aproveitei o show. Sua jeba estava quase pulando para fora da cueca apertada e eu comecei a me acariciar.
– Cara, eu tô morrendo de tesão – ele disse. – Traz aquela régua aqui.
Eu fui até o armário e peguei a régua de trinta centímetros. Jon ainda estava na ponta da cama, com uma ereção inacreditável.
– OK., cara. Quando eu puxar a cueca para baixo você mede a minha rola, certo?
– OK. – eu disse, ávido.
Ele colocou os polegares no cós da sua cueca sexy e lentamente a baixou. Eu não podia acreditar no tamanho do seu pinto. Tive de repente a sensação de que iria perder a aposta.
– OK, meça da base até a cabeça.
Minha mão estava tremendo de excitação quando delicadamente toquei o lado de sua ferramenta. Esbarrei nele suavemente e posicionei a régua de madeira na base do seu pau. Ele media inacreditáveis vinte e sete centímetros. Era de longe o maior pau que eu já tinha visto. Era também o mais grosso e tinha uma cabeça grande no alto como um guarda-chuva.

— E agora, cara? Está convencido?
— Cara, é enorme. Você mataria uma garota com este trabuco.
— OK, você perdeu a aposta e tem que fazer qualquer coisa que eu mandar.
— Está bem, o que é que você quer que eu faça?
— Primeiro eu quero que você tire a sua cueca e esporre na minha frente.

Eu não disse uma palavra. Só me deitei na sua cama, baixei minha cueca e comecei a massagear o meu instrumento de vinte e quatro centímetros.

— Parece que você também é bem dotado, hein, J.R.?

Mais uma vez eu não disse uma palavra. Apenas continuei a bombear a minha carne. Ele foi chegando cada vez mais perto da minha boca com aquele seu pau enorme pendurado na minha frente.

— Aposto que você gostaria de chupar este cacete, não gostaria? — ele disse, provocadoramente. — Aposto que você gostaria de enfiar esta piroca na sua garganta.

Ele pegou o seu pau e bateu suavemente na minha cara com ele, esfregando a sua cabeça contra os meus lábios úmidos. Eu serpenteei a minha língua pela cabecinha púrpura e senti o sabor de sua excitação.

— Cara, eu sabia que você era bicha! — ele disse alto. — Eu sabia que você era a fim de chupar esta pica.

Ele me bateu cada vez mais forte com o seu pau. Eu o agarrei e coloquei rapidamente a sua cabecinha na minha boca molhada. A cabeça do seu pau era tão grande que mal coube na minha boca, mas eu logo consegui meter metade dele na minha garganta. Ele esticou a mão, alcançando a cabeceira da cama, e pegou a sua boina.

— Agora sou eu quem dá as ordens, comandante da artilharia.

Pôs a boina na cabeça, tirou o seu pau da minha boca, caminhou até o armário e tirou de lá um par de coturnos. Ele os calçou, amarrou e voltou para mim.

— De pé, soldado! — ele disse com autoridade.

Eu não perdi tempo e fiquei imediatamente de pé. Meu caralho duro estava apontado para a frente como uma pistola carregada. Ele agarrou a minha pica com suas mãos rudes e me puxou para a frente.

— Lamba o suor do meu rosto, sua bichinha!!

Eu comecei no seu pescoço e segui até o seu peito, onde fiquei brincando com a língua enquanto beliscava os seus mamilos endurecidos, e ele parecia gostar para valer. Ergueu os braços e eu lambi o seu sovaco peludo. O cheiro de macho estava me excitando de verdade e comecei a apertar os seus mamilos com uma força ainda maior. Pus a minha boca sobre um dos bicos e continuei a apertar o outro com o meu polegar e indicador. Mordisquei a ponta de seu mamilo suculento e ele gemeu em êxtase. Segui devagarinho até o seu estômago firme, enfiando a minha língua em seu umbigo. Ele agarrou o meu cabelo rudemente e empurrou a minha cara em direção aos seus pentelhos. Eu peguei a sua jeba numa mão e comecei a bombeá-la, enquanto dava a atenção necessária às suas bolas doloridas. Coloquei um de seus ovos peludos na minha boca e a chupei suavemente, rolando a minha língua provocadoramente sobre ele. Pus então o seu outro ovo na boca, enquanto tateava a sua bunda incrivelmente lisa com as minhas mãos. Ele começou a mover os seus quadris no mesmo ritmo da minha mão. Eu continuei a chupar os seus ovos ardentemente, enquanto massageava suas nádegas macias. Ele me puxou com força pelo cabelo novamente e enfiou o seu pau duro como pedra na minha boca. Achei que ia engasgar, mas de algum modo consegui me ajeitar. Eu o chupei com tanta força que a saliva escorreu pelo meu queixo, caindo no meu peito. Mantive uma mão na base do seu pau e comecei a me masturbar com a outra. O meu pau parecia prestes a explodir por todo o quarto, mas fui devagar para evitar gozar depressa demais. Queria que essa trepada durasse o máximo de tempo possível. De repente, Jon arrancou o seu caralho de minha boca faminta.

– Quero te mostrar um truque que eu aprendi.

Ele se deitou de costas e se enrolou até o seu cacete ficar pendurado bem em frente à sua boca. Ele então passou a língua pela cabeça do próprio pau. Eu mal podia acreditar naquilo. Nunca havia visto alguém chupar a própria pica. Ele esticou o pescoço e deu um jeito de meter uns oito centímetros na sua doce boca. Seus lábios cheios envolveram seu próprio pau e ele começou a bombeá-lo com suas mãos livres. O seu cu rosado estava me olhando diretamente nos olhos. Tracei o anel suavemente com a minha língua. Percorri todo o canal de sua bunda atraente, fazendo-o vibrar de excitação. Com as duas mãos, abri mais ainda a sua bunda enquanto ele continuava a se chupar em total abandono. Minha cara estava enterrada entre as suas nádegas e eu comecei a examinar a sua bunda branca como pérola cada vez mais fundo. Ele começou a se chupar mais rápido enquanto eu lambia o seu belo cu das Forças Armadas. Cara, eu adorava comer a bunda de militares. Não havia nada como pegar um machão desses e mostrar a ele os prazeres de chupar um cu. Jon começou a empurrar os seus quadris para a frente e para trás, enquanto a minha língua escavava o seu buraco contraído.

– Caralho, eu vou gozar – ele gritou em êxtase.

Eu mergulhei cada vez mais fundo nas suas nádegas deliciosas, enquanto ele engolia cada gota de sua própria porra. Eu podia ouvi-lo lambendo a cabeça de sua pica. Tirei a minha língua do seu cuzinho quente e jorrei sobre sua bunda sem pêlos, que ficou coberta com o meu fluido quente. Inclinei-me e experimentei a minha própria porra, enquanto descarregava o resto sobre a cama e o chão. Era a primeira vez em que experimentava a minha própria porra. Para falar a verdade, não era nada má, e foi com avidez que lambi toda a sua bunda até deixá-la limpinha. Nós dois ficamos deitados de costas exaustos. Houve um grande silêncio e eu não soube o que esperar. Ainda estava excitado e podia dizer, pela ereção de Jon, que ele também.

– Espero que você não esteja pensando que a brincadeira já terminou – ele disse. – Nós mal começamos, meu amigo.

Ele se levantou da cama e colocou um de seus coturnos do lado da minha cabeça.

– Lambe esta bota, seu veado!

– Você deve estar brincando, cara! – disse de volta.

– Lambe agora, soldado! – ele empurrou a minha cabeça rudemente de encontro ao seu coturno brilhante.

Eu podia sentir o cheiro e o gosto da graxa em seu coturno enquanto o lambia. Eu não podia acreditar. Jon me tinha completamente sob controle e eu estava acatando todas as suas ordens. O seu papo grosseiro e suas atitudes rudes me excitavam. Eu estava com tanto tesão que não me importava com o que ele dizia ou me fazia. Eu só queria dar prazer àquele garanhão. Lambi toda a parte de baixo de seus coturnos bem usados e comecei a seguir em direção aos canos. Enquanto isto, ele apertava o seu mamilo esquerdo com uma mão e massageava o seu pau ainda duro com a outra.

— Isso, lamba como um bom menino.
— Quero que você me coma. Coma a minha bunda, Jon.
— Quieto! — ele estrilou. — Você vai sentir esse pau na sua bunda quando eu achar que é a hora, entendeu?
— Sim, senhor — murmurei.
— Não consigo ouvi-lo, garoto.
— Sim, senhor!
— Assim está bem melhor, sua bichinha!

Comecei a subir cada vez mais pelos seus coturnos. Ele estava ficando excitado de me dominar daquele jeito. Eu era uma marionete nas suas mãos e ele parecia curtir aquilo de verdade. Ele me pegou de repente pelos ombros e me jogou de costas na cama. Minhas pernas voaram no ar e ele me agarrou pelos calcanhares. Curvou-se e correu a língua pelo meu cu rosado, fazendo-me saltar surpreso.

— Aposto que nunca um soldado de verdade comeu esta sua doce bundinha, não é?

Ele começou a chupar com bastante força. Colocou suas mãos fortes nas minhas nádegas e praticamente as rasgou. Sua cara ficou enterrada tão fundo na minha bunda que eu só via o topo de sua cabeça. Todo o seu rosto estava enfiado no meu rego e eu podia sentir a sua língua quente explorando o meu canal. Ele soltava sons guturais e másculos enquanto lambia. Quando finalmente ergueu a cabeça, seu rosto estava totalmente molhado de saliva e fluidos da minha bunda. Ele cuspiu no seu pau e eu torci, para ele usar algum tipo de lubrificante, mas não tive essa sorte. Ele empurrou a sua pica para dentro do meu buraco a seco, me fazendo pular de dor. Sem dó nem piedade, continuou a me comer com cada vez mais força. Depois de alguns poucos momentos de horror, a dor diminuiu e eu comecei a curtir o seu trabuco dentro de mim. Ele meteu mais fundo no meu cu apertadinho e eu abri mais as pernas para acomodar os seus vinte e sete centímetros. Minha porra estava a ponto de esguichar e tentei segurar o máximo possível, mas não teve jeito. Agarrei o meu pau e o agitei até disparar a minha porra no ar e sobre os peitos musculosos de Jon. Ele tirou o cacete da minha bunda alguns segundos depois e jorrou a sua porra sobre o meu corpo suado. Depois desabou sobre mim e nos beijamos por alguns minutos até adormecermos um nos braços do outro.

Movido à manivela
Rick Jackson

Estávamos num LPH – um porta-aviões da Força Aérea designado para conduzir 2.200 fuzileiros navais até qualquer praia na qual precisássemos aportar. Na verdade, é claro, nós só navegávamos a esmo, mantendo-nos eternamente alertas para uma invasão que nunca vinha. Nós – a tripulação da Marinha – estávamos bem instalados a bordo. Tínhamos ar-condicionado nos dormitórios, mantínhamo-nos até mais ocupados do que gostaríamos, e de uma maneira geral levávamos a mesma vida que a bordo de um contratorpedeiro ou fragata. Os oficiais fuzileiros navais também não passavam mal, exceto pela monotonia. Eles costumavam se exercitar por algumas horas depois do café da manhã, encontravam-se para "fazer planos" perto da hora do almoço, exercitavam-se à tarde e passavam a noite assistindo a filmes ou em mais reuniões. Os fuzileiros são capazes de passar dias discutindo a respeito de algo que os oficiais da Marinha decidiriam sem pensar duas vezes.

A nossa vida era boa. Eu tinha pena mesmo era dos fuzileiros recrutas. Sua única função na vida era tomar a terra firme de assalto quando fôssemos atacados. A Marinha os colocava em dormitórios que nenhum marujo aceitaria. Os quartos eram cheios, quentes e sufocantes, além de, na maioria das vezes, estarem tão distantes dos banheiros que era preciso uma verdadeira excursão pelo navio para se fazer um xixizinho. Imagine uma caixa de ferro imensa equipada como uma acomodação para escravos sulistas do período anterior à guerra e você terá uma idéia de como esses pobres caipiras viviam. O pior de tudo, porém, era o tédio que eles tinham que enfrentar. Eles navegavam durante semanas – às vezes meses – sem nenhum propósito na vida a não ser comer a boa e velha gororoba e dormir dez horas por dia. O resto do tempo eles geralmente passavam fazendo jogging ao redor do convés ou se exercitando. Nossos recrutas eram jovens animais suados de peitos sem pêlos, em seu esplendor – prontos para qualquer coisa, mas sem viver nada.

Às vezes, o comando escalava alguns deles para ajudar no trabalho do navio – na cozinha ou na lavanderia. Nós chamávamos os ajudantes que mantinham a área dos oficiais impecável de "manivelas". O manivela que arrumava os quartos dos oficiais da minha ala do navio era um cabo. Seu nome era Crow, e ele era um pecado ambulante, com olhos verdes, cabelo louro curto, um queixo de Dick Tracy e tão bem apessoado que até os outros soldados rasos queriam saber como ele conseguia ter músculos tão definidos e um pau tão grande.

Não dava para não prestar atenção em seus corpos. A tripulação da Marinha tinha que usar uniforme completo a bordo, mas como viviam num verdadeiro inferno, os recrutas tinham permissão para vestir apenas suas camisetas verde oliva e shorts de ginástica. Era-lhes pedido que usassem roupa de baixo, mas a Marinha não fazia muita questão disso. Para onde quer que se olhasse, era possível ver o tecido de algodão verde suado grudado na bunda de um fuzileiro ou cabeças de paus grossos de fuzileiro pulando para fora de suas roupas de educação física. Foi só no meu segundo mês a bordo que descobri a verdadeira razão pela qual as tropas tinham permissão de zanzar com tudo praticamente para fora.

Como eu tinha feito a vigília na noite anterior, acabei adormecendo. Não me lembro bem dos detalhes do que estava sonhando, mas o fato é que tínhamos ficado no mar quase o tempo todo desde que eu embarcara e eu só tinha afogado o meu ganso de vinte e dois anos uma única vez em onze semanas. Você pode imaginar como eram os meus sonhos. Lembro-me de que nesse havia uma caneca de creme batido e centuriões romanos presos nas paredes. Eu adormecera apenas de shorts de algodão; portanto, quando Crow entrou para esvaziar o lixo e dar uma arrumada geral, não pôde deixar de notar a grossa torre de vinte centímetros em meu ventre que apontava para o alto. Mais tarde ele me disse que eu também estava emitindo sons, mas tudo o que sei é que tinha flagrado um daqueles romanos indecentes estendendo a mão em direção ao meu cu e acordara num sobressalto, encontrando Crow com a cara entre as minhas pernas, passando o nariz no meu pau, que tentava escapar de dentro dos shorts. O cara só faltava babar.

Como os recrutas costumavam ser grotescamente corretos o tempo todo, o meu primeiro impulso foi esquecer todo o incidente. Então me lembrei de que meu companheiro de quarto estava fazendo a vigília da ponte e só ia voltar dali a três horas. Eu deveria ter colocado o garoto no relatório, mas os fuzileiros gostam tanto de sofrer abusos que ele provavelmente teria gostado disso. Além do mais, ele se parecia tanto com aqueles romanos durões que, enquanto ficava ali imobilizado pela vergonha de ter sido descoberto, estendi a minha mão até lá embaixo e libertei o meu armamento naval para que ele pudesse vê-lo melhor. Meu caralho bateu contra a minha barriga, tremendo como um cavalo selvagem em meio a um monte de potrancas. Eu sabia que depois de paus grossos e cheios de porra, o que ele mais precisava no mundo era um abuso, portanto eu lhe dei ambos:

– OK, sua bichinha. Quer chupar esta piroca? Então enrosque a sua boquinha de boceta nele.

Minha mão empurrou a sua cabeça em direção ao meu cacete duro antes que ele pudesse sequer pensar em cumprimentá-lo. Ele ficou suficientemente surpreso, a ponto de engasgar, enquanto eu me remexia e me acomodava na sua boca, mas prendi as minhas mãos ao redor de suas orelhas e dei uma virada na sua cabeça para que ele mergulhasse mais fundo no território. Ele pelo jeito já tinha estado nessas terras antes. A maioria dos caras não consegue meter todo o meu mastro na boca, mesmo esticando-a ao máximo e se esforçando. Crow engoliu tudo o que eu tinha – de lado. Quando os músculos tenros de sua garganta deslizaram pela cabeça inchada do meu instrumento, ouvi pequenos gemidos de prazer abafados. Passei a minha mão pela sua nuca, deslizando pelas suas costas musculosas até a sua bunda. Eu não consegui alcançar o seu rego, mas os dois montes de músculos másculos e firmes que viviam debaixo de seus shorts de ginástica eram uma promessa óbvia de diversão. Comecei a jogar os meus quadris em direção ao seu rosto enquanto rasgava a sua garganta com o meu equipamento.

Apesar daquilo estar muito gostoso, eu não conseguia mais agüentar o ajuste lateral na sua garganta, portanto ordenei que se sentasse em minha cama. Quando conseguiu finalmente enfiar toda a minha rola na sua garganta, ele começou a me chupar com vontade. O seu pau coberto de tecido fino verde oliva estava ao lado do meu rosto enquanto ele fazia o seu trabalho. O seu pinto já estava inchado, saindo de dentro de seu short, parecendo uma cobra despontando para fora de um buraco enquanto palpitava ao longo de sua barriga lisa e sem pêlos. Ao tirar as suas roupas e ver a sua bunda nua, eu me apaixonei. O seu mastro era um brinquedinho perfeito – um cacete latejante e duro de curvas perfeitas. Suas bolas enormes entupidas de porra estavam penduradas sobre a sua coxa provando o óbvio: o cabo Christopher Crow não só não havia invadido nenhuma praia como também não tinha tido nenhuma diversão em semanas. Eu aproximei o meu rosto dele e lambi suavemente o seu saco. Um tremor de satisfação animal percorreu a sua carne ao primeiro toque da minha língua. Logo eu estava lambendo o seu saco como um cachorrinho e adorando. Minha língua molhada deslizou pelas suas pernas, tirando o suor do dia de suas bolas. Eu chupei uma bola de cada vez e lambi tudo o que ele tinha até fazer o caminho de volta e encontrar a sua carne de fuzileiro. Seu prepúcio estava esticado, apertando o pau inchado e latejante, mas o seu sabor era suave, puro e natural como uma nuvem de primavera.

Quando estiquei a minha mão para separar a cabeça de sua cobra da barriga, passei meus lábios molhados pela sua uretra e senti o buraco enroscado ao redor do meu trabuco fechar-se com mais força. Ele ficou duro como uma pedra durante uns dez segundos. Depois então, quando os meus lábios pararam de lamber o seu pinto inchado como um gatinho e minha língua começou a traçar terríveis arcos de prazer na sua cabecinha, Crow se entregou a um boquete frenético. Minhas coxas estavam ao redor de sua cabeça, desfrutando do contato com a barba cerrada do fuzileiro que raspava na minha carne lisa como se tentasse arranhar qualquer coisa que estivesse entre a sua necessidade e o seu prazer. O seu nariz martelava nas minhas bolas. A sua língua e garganta imobilizaram o meu cacete e o seu queixo se acomodou nos meus pentelhos ruivos encaracolados, até o meu ventre ficar tão molhado quanto o Guadalcanal.

Eu estava prestes a começar a dar um trato nele quando o filho da mãe drenou toda a satisfação da minha pica. Enquanto eu me concentrava nele, ele me atacou por baixo. Num minuto eu estava me deliciando com a textura macia da pele que deslizava pela minha língua e com o cheiro bom de seu pau, e no momento seguinte minhas tripas viraram do avesso e eu senti uma quantidade incrível de porra acumulada por dois meses sendo chupada de minhas bolas. Eu não estava esporrando, ele na verdade estava me drenando. A minha porra parecia um verme longo, grosso e muito obstinado sendo puxado do meu caralho. Normalmente, quando eu gozo, meio que desfaleço. Dentro do corpo firme de fuzileiro de Crow, todos os nervos da minha piroca pareciam arranhar o meu verme leitoso enquanto ele serpenteava, atravessando o caminho viscoso e sinuoso rumo ao seu destino. Agora era a minha vez de petrificar. O boqueteiro tinha abocanhado o meu pau e estava me drenando até a última gota. Tudo o que eu podia fazer era ficar ali deitado e dar a ele o que ele queria – aquilo de que nós dois precisávamos. Quando o verme dobrou a sua última esquina, eu deixei que ele lambesse os resíduos e fui regar a sua carne. Minhas mãos estavam entrelaçadas atrás de sua bunda e meus dedos deslizando para dentro do seu buraco suado e sem pêlos. Senti o seu pinto vibrar de prazer no fundo da minha garganta enquanto eu passava a ponta dos meus dedos levemente pelo seu cu. O meu dedo médio começou a massagear o seu buraquinho, fazendo círculos como um abutre antes de mergulhar fundo e dar o bote. Quando eu finalmente deslizei o dedo para dentro do seu cu, Crow se ergueu da cama ao meu lado e se jogou sobre mim. Suas bolas pendiam sobre o meu nariz como um parasita alienígena, enquanto o seu pau perfurava mais fundo e mais forte a minha garganta a cada empurrão malicioso e egoísta. Quando enfiei o meu segundo dedo e comecei a alargar a sua bunda, ele ergueu a cara da minha rola para poder gritar. Na última hora, um cantinho remoto do cérebro de Crow que ainda funcionava lembrou-se de como os sons se propagam com facilidade dentro dos navios, por isso ele cravou os dentes na minha coxa para calar a boca. Enquanto meus dedos investigavam, alargavam e deslizavam pela sua bunda acetinada e paradisíaca, seus quadris ganharam velocidade até seu pau se transformar numa agulha de máquina de costura que penetrava a minha garganta com cada vez mais força. Quase de repente, senti o seu tubo de porra ondular sob o esforço de bombear o seu fluido de fuzileiro pela minha goela abaixo. Eu não consegui sentir o gosto da sua pica. Só conseguia ouvi-lo gritar enquanto seus dentes mordiam a minha perna. Como eu tinha certeza de que ele estava gostando, tentei fazer com que aquele instante durasse o máximo possível. Meus dedos se tornaram mais firmes, usando toda a pressão que eu podia administrar no seu cu até as partes internas supersensíveis de sua bunda ficarem esticadas como um tambor. Meu dedo alcançou a sua próstata, e mostrei a ele o que é retribuir. Cada vez que ele tirava um pouco o pau da minha garganta, meu dedo tocava a sua próstata e lhe dava mais arrepios. Eu o mantive na minha garganta até que ele acabasse. Daí foi só saborear o que ele tinha para dar. Eu diminuí um pouco o ritmo e deixei que as últimas descargas de seu sêmen de fuzileiro batessem no fundo da minha boca. Meus lábios se fecharam ao redor do seu caralho para evitar que eu perdesse uma gota sequer do sumo doce que sorvia, encharcando todas as minhas papilas gustativas com o mais puro sabor do universo: sabor de homem. Quando ele já tinha sido tão chupado a ponto de nem mesmo a minha língua poder drenar mais nenhuma delícia da cabeça do seu cacete, soube que era hora de dar duro. Sua bunda era muito gostosa para ser desperdiçada com os dedos, e felizmente o contato de seu corpo aveludado e jovem pesando sobre mim tinha me deixado mais duro que um cálculo renal.

Eu tirei o seu corpo de cima de mim e o virei de costas. Nos apertados confins do meu beliche não era possível me levantar o bastante para ter uma visão ampla, mas assim mesmo de pertinho já estava muito bom. Eu quase arranquei a camiseta verde oliva de seu torso para chegar nos seus mamilos duros, cada um deles pulsando num convite sobre o seu peito tão firme que parecia moldado em mármore. Meus lábios chuparam e instigaram os meus dentes a participar da comoção. Perdi a noção do tempo, mordiscando seus mamilos duros e lambendo o músculo ao seu redor. Seu corpo era um território muito extenso e impressionante para não ser explorado por inteiro demoradamente. Minha língua lambeu o suor de suas placas de identificação e seguiu adiante lambendo suas axilas de odor amargo e chupando os longos e loiros fios de cabelo frágil que ali habitavam. Quando cheguei ao seu pescoço e finalmente pressionei os meus lábios no lóbulo de sua orelha, meu parceiro fuzileiro enlouqueceu. A sensação da minha língua explorando o seu ouvido enquanto nossos paus duros se acomodavam entre as nossas barrigas foi uma deliciosa tortura. As grandes mãos que tinham passado pelos meus flancos em direção à parte delgada das minhas costas, tentando nos aproximar mais um do outro, mudaram de intenção e tentaram me afastar dele. Ele gritou, riu e blasfemou, mas apertei a minha mão sobre a sua boca e segurei a minha onda, fodendo a sua cara com a minha língua até o meu próprio caralho não conseguir mais agüentar a espera. Tirei então a minha boca da sua orelha e a usei para avisá-lo sobre o que vinha pela frente.

– OK, fuzileiro. Então você é um boqueteiro. Agora você também é minha carne, e eu vou usá-lo com força e freqüência. Quando voltarmos a San Diego, você vai ter tanta porra de Anápolis na sua bunda que vai poder abrir um banco de esperma.

Eu sempre fico excitado de olhar para o rosto dos caras enquanto os como. O maxilar trincado e os olhos apertados, o modo como as narinas enlouquecem em busca de ar, e a maneira das sobrancelhas se encresparem em reação à minha cobra flagelando suas entranhas. Tudo isso junto me excitou mais ainda do que a sensação de seu cu apertado ao redor do meu pau. Crow prometia ser extraespecial. Quando eu lhe disse o que estava por vir, vi mudar seu rosto. Ele tinha se divertido com o meu pau grosso de vinte e três centímetros dentro da sua garganta, mas a perspectiva de ser usado como a prostituta mais vulgar durante o resto da operação fez seus olhos verdes de gato brilharem. Ele passou a língua pelos lábios por um momento, como se estivesse se preparando para a provação, mas não esperou pela ordem para afastar as suas pernas. Como os seus pés estavam apoiados na base da cama de cima do beliche, ele conseguiu arquear a sua bunda na posição adequada.

Eu pus a minha carne faminta em posição e olhei para aqueles olhos uma última vez antes de eles se fecharem silenciosamente em deliciosa agonia. Meu olhar intenso atravessou o verde e o brilho de desejo da superfície de seus olhos para encontrar uma necessidade mais forte e profunda. Quando nossas almas se uniram, toda a força de sua fome apossou-se majestosamente de mim. Perdido na estrutura militar impessoal, ele precisava ser usado para dar prazer, ser dominado – ele precisava pertencer a alguém. Quando senti a profundidade de sua solidão, percebi o quanto eu mesmo estava sozinho, e o quanto, de repente, também precisava me sentir parte de outro ser humano. Presos um ao outro pela eternidade daquele momento, meu mastro no seu cu, seus braços enrolados em mim, prontos para me puxar para dentro de si, nós compartilhamos mais profundamente um do outro do que em qualquer outra trepada. Nós não éramos mais comandante e comandado, éramos um só. De alguma maneira eu sentia todas as suas sensações e me abri para ele como nunca tinha feito antes com ninguém.

Estava na hora daquilo de que nós dois precisávamos. Comecei a fazer pressão contra o seu cu – lentamente no começo e então aumentando aos poucos. Os meus dedos empurraram os portões, mas as dobradiças estavam enferrujadas. Como porém minha estaca era muito forte, a madeira estilhaçou e eu consegui entrar e meter fundo nele. Minha primeira sensação foi a dos seus esfíncteres passando pela cabeça do meu pau enquanto engoliam todo o meu cacete vibrante. Senti a minha uretra bater na sua próstata e ricochetear, deslizando pelas paredes úmidas de seu canal até bater contra os limites firmes da parede de músculos localizados a vinte centímetros de profundidade da sua bunda. Meus pentelhos ruivos rígidos rasparam as ruínas de seu cu enquanto eu agitava as suas entranhas com a minha rola. Chris enterrou os seus calcanhares na minha bunda, afastando as minhas nádegas e me forçando a meter com mais força. Suas unhas deslizaram pelas minhas costas, fazendo a minha carne se arrepiar a um ponto perigoso. O sacana deixou escapar um gemido baixinho, vindo do fundo da alma, quase subsônico, de uma maravilha e contentamento tão ancestrais, que por um momento tive inveja do seu prazer. Seus olhos se abriram quando o maxilar afrouxou e um sorriso surgiu em seu rosto para anunciar a glória da masculinidade jovem que nós dois sentíamos.

Eu fiquei deitado quieto dentro dele por um tempo para relaxar no seu calor e me deliciar nas instintivas contrações do seu rego em torno do meu pau. Nossos lábios se encontraram e trocaram o primeiro beijo, mas aquela posição não era muito confortável. Além do mais, eu o via melhor estando por cima dele. Preso sob o meu corpo, varado pelo caralho mais duro que eu tivera em anos, o seu corpo firme de fuzileiro vibrou de prazer e expectativa da provação. Quando tirei a minha rola de suas profundezas, seu cu desmontou ao meu redor, deslizando sem fricção pela minha cabeça com uma viscosidade deliciosa e ele gemeu de novo. Cutuquei a parte interna de sua bunda com a cabecinha para ver quanta pressão podia imprimir sem sair de dentro. Então, com os meus olhos ainda nos dele, empurrei os meus quadris com força contra a sua bunda, levando a minha tora grossa de volta para o seu lugar. Ele apertou o meu pinto e deu um grunhido animalesco quando cheguei. O meu pau assumiu o controle dos nossos destinos. Minha outra cabeça apenas flutuava durante a cavalgada, perdida numa neblina de prazer primitivo, profundo e sutil demais para pensamentos racionais. O tempo pareceu parar enquanto meu cacete mergulhava mais fundo e mais rápido nele a cada golpe. A minha bunda deslanchou, fora de controle, até que tudo o que eu pude sentir foi o brilho glorioso da minha fricção, cozinhando os intestinos de Crow à perfeição. De vez em quando puxava a minha pica com força, tirando-a quase completamente da sua bunda, apenas para ter a chance de voltar a meter a cabeça inchada do meu mastro no seu buraco apertado. Lembro-me de seus grunhidos e dos meus, e do olhar beatificado no seu rosto enquanto ele sentia tudo que eu tinha para lhe dar. Lembro-me sobretudo do meu sublime contentamento pela descoberta, diferente de qualquer coisa que eu tinha experimentado até então. Nós aceleramos e desaceleramos juntos durante muito tempo, até que o fogo no seu buraco e as chamas nos seus olhos foram demais para suportar. De repente, em meio ao negro vazio de nossa trepada, senti minhas entranhas transformarem-se em plasma e jorrarem porra branca e quente pelo meu pau. Minha própria voz frenética me atravessava, saindo em grunhidos selvagens e uivos abafados de um triunfo bestial através da floresta primitiva em que estávamos enraizados. Eu recobrei mais ou menos a consciência quando o som das carnes nuas e suadas se chocando cessou e as minhas bolas já tinham sido drenadas até a última gota, mas continuei mandando ver no seu buraco, deliciando-me na minha própria porra que tinha espirrado nas minhas bolas a cada movimento do meu caralho dentro do seu cu.

Quando eu finalmente decidi desobstruir o seu buraco, tive outra surpresa. Tirei a minha cobra do seu túnel recém-inaugurado e desabei sobre o corpo de Crow, pronto para recompensá-lo, empurrando a minha língua fundo o bastante em sua garganta para sentir a minha própria porra. Mas o que eu senti foi uma poça sobre o músculo rígido do fuzileiro. Enquanto eu estivera ocupado, drenando o meu pinto até ele secar, o cacete de Chris também tinha dado seus pulinhos. O fato é que a minha jeba cutucando a sua próstata tinha sido demais para ele, mas os fuzileiros devem suportar qualquer tortura sem ceder. Como punição, eu o obriguei a lamber a porra cremosa da minha barriga e peito e então expulsei a sua bunda preguiçosa da minha cama. Deixei que ele vestisse os seus shorts e camiseta enquanto eu cobria o meu pinto com um lençol. Ele terminou de limpar o quarto e, quando estava quase indo embora, eu lhe disse para voltar até o meu escritório no toque de silêncio daquela noite. Ele tinha muito o que aprender a respeito da vida a bordo – e eu era o homem certo para ensiná-lo.

Base de treinamento
Michael Bates

Com a guerra do Vietnã a pleno vapor, um cara recém-saído do segundo grau que não fosse nem medicamente desqualificado, nem ligado a uma universidade, seria com certeza convocado pelo Exército se não se apresentasse como voluntário em uma outra das Forças Armadas. Eu me alistei então na Marinha. Pouco depois de terminar o treinamento (e de fazer uma pequena visita à minha casa), fui enviado a uma estação naval na Carolina do Sul para os procedimentos finais antes de embarcar. Era lá que receberíamos os nossos uniformes e equipamentos, as últimas vacinas, e onde executaríamos pequenos trabalhos na base enquanto esperávamos as nossas ordens. Era um lugar transitório, onde ficavam não apenas os recrutas, como eu, que estavam apenas ingressando no serviço, mas também aqueles que estavam saindo da ativa ou outros que se encontravam simplesmente num intervalo entre duas missões.

O alojamento para o qual eu tinha sido designado não passava de uma grande construção dividida em cubículos, cada um deles com dois beliches. Não havia nenhum outro móvel além de quatro armários, duas cadeiras e um cesto de lixo. Ao entrar no meu cubículo, vi que a cama de baixo de um dos beliches já estava arrumada, e como não havia colchões nas outras camas, fui em frente e me apossei da cama acima da do meu, até então, desconhecido companheiro de quarto.

Quando terminei de arrumar a minha cama e comecei a guardar as minhas coisas no armário, ele entrou, afastando a cortina que fazia as funções de única porta do nosso quarto.

— Bem, parece que tenho companhia — ele disse, sem exatamente sorrir.

O seu tom desinteressado me fez duvidar de sua alegria por ter um companheiro de quarto.

Enquanto remexia no seu armário atrás de alguma coisa, ele me perguntou de onde eu era, há quanto tempo estava na Marinha e se eu sabia para onde estava sendo designado. Ele finalmente encontrou o que estava procurando — um maço de Marlboro — e se jogou sobre a cadeira para acender um cigarro. Perguntou o meu nome e disse que o seu era Thompson, mas que todos o chamavam de Gatilho. Ele era suboficial da Artilharia e ia ficar por ali por pelo menos mais alguns dias, ele disse. Estava saindo da Marinha.

Eu lhe disse o meu nome mas ele não apertou a minha mão, fazendo apenas um meneio de cabeça. Quando lhe perguntei se estava indo embora porque havia terminado o seu período de alistamento, ele disse que aquela era apenas uma baixa usual. Deu um sorriso sarcástico ao dizer isso, portanto não me aventurei a perguntar mais.

Enquanto eu continuava a arrumar as minhas coisas, ele me disse como estava contente em cair fora, especialmente por conta dos últimos dez dias em que estivera confinado na base. Como havia tão pouca coisa para se fazer nas redondezas, era quase como estar preso. Disse-me que eu não sabia a sorte que tinha de poder sair toda noite e arranjar uma bocetinha na cidade, ver um filme pornográfico, assistir a um *peep show* ou simplesmente perambular. Ele só tinha a boa e velha "mãozinha" para passar a noite sozinho no cubículo. Meu coração deu um salto quando o ouvi dizer isso. Estava certo de ter entendido o que ele tinha querido dizer, mas tentei não demonstrar nenhuma reação.

Fiquei olhando para aquela sua cara máscula durante todo o tempo em que ele conversou comigo. Ele tinha uns vinte e três ou vinte e quatro anos e parecia muito adulto e autoconfiante. Usava uma calça boca-de-sino feita sob medida que grudava nas suas coxas firmes antes de alargar abaixo dos joelhos. As mangas de sua camiseta branca estavam enroladas até os ombros, deixando à mostra bíceps bem desenvolvidos e os pêlos escuros de suas axilas. Ele devia ter um peito bem peludo também, pelo que se via despontando da gola de sua camiseta. Seu cabelo era castanho claro e um pouquinho mais comprido do que o meu, que tinha sido cortado durante o treinamento. Eu era apenas um recruta magricela de dezoito anos, desengonçado no meu uniforme padrão, comparado a esse marujo mais velho e experiente. Ele tinha um aspecto másculo, reclinado na sua cadeira com o cigarro pendurado em seus lábios, as placas de identificação penduradas para fora da camiseta, falando de bocetas, aranhas e todas as coisas que ele tinha feito nos seus anos de liberdade (ele tinha estado no Vietnã e por toda a Ásia). Meu coração se remexia por dentro assim como a minha jovem pica, que vibrava cada vez que eu pensava no que ele havia dito sobre a "mãozinha". Será que esse cara mais velho também tocava uma punheta como eu às vezes fazia ou estava só de papo furado?

Naquela noite, depois que as luzes se apagaram, eu me deitei pensando mais e mais em tudo o que Gatilho havia dito. O simples fato de imaginá-lo fazendo aquilo me deixou de pau duro e comecei a brincar comigo. Tentando ser tão silencioso quanto possível e fazer o mínimo de movimento, comecei lentamente a me masturbar. Eu podia ouvir a respiração ritmada de Gatilho na cama de baixo, portanto achei que ele já estava no sétimo sono. Empurrei os cobertores para ter maior liberdade e acelerei a punheta. A minha excitação auto-induzida logo me fez esquecer de tudo o que me cercava.

Uma voz surgiu na escuridão:

– Parece que eu vou ter mais do que esperava do meu companheiro de quarto.

Era Gatilho. Congelei de medo. Como eu tinha sido tão estúpido de achar que ele tinha adormecido tão rápido? O que será que ele ia fazer, agora que tinha me apanhado fazendo isso? Será que ia contar para alguém? Será que eu ia ser expulso da Marinha? Será que ele ia contar para os outros caras do alojamento para que eles fizessem piadinhas e rissem de mim? Eu estava petrificado de medo e não disse uma palavra.

Apenas a luz lá de fora, filtrada pela cortina que nos servia de porta, me permitia divisar as suas formas na escuridão. Ele tinha levantado da cama e estava de pé, olhando para mim. Eu peguei os cobertores para cobrir o meu caralho que se recolhia rapidamente, mas a sua mão disparou e agarrou o meu punho.

– Desça – ele ordenou.

Sua voz havia se transformado num sussurro rouco.

O que eu podia fazer além de obedecer as suas ordens? Sem mais uma palavra, ele me colocou sentado na ponta da sua cama e ficou em pé de frente para mim. Ele mexeu agitadamente na braguilha de seu short até encontrar o seu pinto e tirá-lo para fora. Estava meio duro. Mesmo nesse estado, me pareceu um monstro. Era muito mais grosso do que o meu. Parecia que havia uma cobertura de pele a meio caminho sobre a cabecinha. Enquanto ele apertava e puxava o seu cacete, a pele ia mais para trás, exibindo a cabeça brilhante. Ele estava ficando mais duro e reto bem na minha frente. Ele se inclinou e passou a cabeça úmida da sua pica nos meus lábios. Tinha um cheiro peculiar, meio passado.

– Abra – ele sussurrou. – Abra a sua boca e chupe este caralho. Ele não precisou insistir. Eu separei os meus lábios e deixei ele deslizar a sua rola para dentro da minha boca. Já devia haver alguma porra escorrendo, porque a cabecinha tinha um sabor salgado. Ele segurou a base da vara e empurrou cada vez mais fundo. Que bocada! No começo tive dificuldade de abocanhar todo o seu material, mas ele me convenceu a relaxar, até que eu conseguisse metê-lo na minha garganta sem engasgar.

– Cara, isso é muito bom – ele grunhiu. – Que boqueteiro você é. Você tem lábios tão quentes quanto qualquer bocetinha que eu já tenha comido. Eu sabia que você estava a fim de ver o pau de um homem de verdade. Bem, agora você está podendo fazer mais do que apenas olhar! Isso, assim. Continua do jeitinho que você está fazendo.

Eu toquei a parte de baixo de suas bolas com a ponta dos meus dedos. Ele primeiro deu um pulo e então tirou a sua mão para me deixar assumir o comando. Eu nunca tinha feito nada parecido antes, mas sabia do que gostava quando me masturbava, portanto fiz o mesmo nele: apertei e abarquei as suas bolas, esfreguei a base do seu caralho, a parte de dentro das suas coxas e o seu estômago liso, e até subi e brinquei com seus mamilos duros. Ele pousou as suas mãos e braços na cama de cima enquanto se entregava a mim para tudo o que eu quisesse fazer com o seu pau grosso de garanhão. O meu próprio pau de menino estava quente de excitação por provocar esse cara mais velho, e eu queria desesperadamente tocar uma punheta, mas ambas as mãos estavam explorando o corpo firme e liso que estava de pé à minha frente.

Gatilho estava arfando de excitação agora, bombeando para dentro e para fora, fodendo a minha boca.

– Isso – ele sussurrou roucamente. – Continue assim. Mais e mais. Chupa a minha rola, sua boquinha de boceta! Você adora isso, não é? Você adora ter esta peça grande de carne na sua boca jovem. Bem, segure o tranco, porque eu vou te recompensar com uma bela carga de porra. Quero disparar pela sua goela abaixo, até chegar ao seu intestino. Minhas bolas estão clamando por alívio. É isso aí, garoto, continua chupando esta pistola, que o papai aqui vai puxar o gatilho! Ah, isso!

Dizendo isto, ele realmente puxou o gatilho. Eu quase me asfixiei com a catarata de porra quente que ele despejou no fundo de minha garganta. Ele bombeou espasmo após espasmo de porra agridoce, e eu tive que engolir várias vezes para mandar tudo para baixo.

Fiquei sentado em silêncio enquanto sua respiração voltava ao normal e então, sem uma palavra, ele meteu o seu trabuco de volta na cueca e fez um gesto para mim, me mandando voltar para a minha cama. Eu não tentei esconder o fato de que bati uma punheta no meu pinto ainda duro de menino antes de cair no sono, exausto.

Ele só ficou mais dois dias por lá antes de dar baixa, mas eu passei o tempo todo com medo de que fosse contar para alguém o que eu tinha feito. Na última noite, ele me mandou descer de novo para chupá-lo mais uma vez. A simples lembrança dessa primeira experiência durante o meu alistamento me deu mais de uma boa e dura desculpa para sessões solitárias com a minha "mãozinha".

Ano novo
William Cozad

Depois de acabarmos o segundo grau, a maioria de nós caiu no mundo. Continuei na nossa pequena cidade para trabalhar no posto de gasolina do meu pai. Eu amava os carros, a velocidade e a sensação de poder que eles dão, fazendo de você uma pessoa igual a todas as outras. Gostava de consertá-los e até sonhava em pilotar um carro de corridas um dia.

Mas as coisas mudaram. O novo posto de gasolina da estrada interestadual era self-service e oferecia preços menores. Algumas pessoas ainda gostavam de ser atendidas com um sorriso, ter o seu pára-brisa limpo e o óleo, checado. Pelo menos era o que o meu pai dizia. Mas eu não tinha tanta certeza.

O tempo passava devagar. Antes que eu me desse conta, porém, as folhas caíram das árvores e ficou frio. Já era a época dos feriados. O Natal chegou e com ele todos os parentes e amigos da vizinhança. Então veio o último dia do ano.

Como não havia muito movimento no posto de gasolina, planejei fechar mais cedo. Meus pais tinham ido festejar com os amigos no interior. Eu tinha decidido ficar em casa aquele ano. Por que eu não sei.

Eu estava mudando internamente. O meu aspecto era o mesmo. Mas comecei a pensar que deveria haver mais coisas na vida do que bombear gasolina e consertar carros. Alguns dos meus amigos do colegial já tinham se casado. Eu tinha certeza de que seria um solteirão, especialmente considerando as minhas estranhas sensações quando olhava para outros rapazes.

Ainda era cedo, mas já estava ficando escuro. Eu estava quase fechando quando ouvi o sinal vindo das bombas de gasolina. Atrás do volante do carro estava um rapaz vestindo um uniforme de marinheiro e usando um chapéu branco. Ele me pareceu familiar, assim como o carro.
– Como é que vai, cara?
– Sammy?
– Eu mesmo.
Ele sorriu e eu também.
– Então você agora é um marinheiro?
– Sou da Guarda Costeira. Agora sou propriedade do governo!
– Minha nossa!
– Me dá uns dez paus da comum... Meus pais estão indo para uma grande farra de Ano Novo na casa de campo.
– Você não vai com eles?
– Não, eu não fui convidado.

Coloquei a mangueira no tanque e comecei a bombear gasolina antes de limpar o pára-brisa. Estava todo nervoso e excitado por ver Sam novamente. Na verdade, eu tinha uma queda por ele. Nunca tinha admitido isso nem para mim mesmo, mas ele era o meu ideal de homem.
– Feliz Ano Novo – eu disse, pela enésima vez aquele dia.
– Como é que você vai comemorar?
– Provavelmente vou me embebedar – disse num tom fanfarrão.
– Quer companhia? Eu não tenho planos.
– Claro. Dê um pulo lá em casa. Vou fechar agora.
– Tenho que levar o carro de volta para os meus pais. Te vejo daqui a pouco.

Ele me deu uma nota de dez para a gasolina e me fez um aceno, indo embora.

Sammy, o marujo! A vida não é surpreendente? Eu ia passar a noite de Ano Novo com ele! Era tudo em que eu conseguia pensar. Quando cheguei em casa, lá estava o guarda costeiro esperando por mim. Eu me enrolei com as chaves até conseguir abrir a porta.
– Feliz Ano Novo, cara.
– Feliz Ano Novo, marujo.
– Guarda costeiro – ele me corrigiu.

Sammy mostrou orgulhoso o emblema na manga do uniforme que designava a sua divisão nas Forças Armadas.
– Certo! O que você vai beber?
– Eu bebo qualquer coisa, mas prefiro cerveja.
– Tenho um monte de cerveja na geladeira. Gosto de beber cerveja porque assim não fico bêbado logo de cara.
Sam jogou a sua tampa – como ele chamava o seu chapéu – na mesa. Ele parecia tão masculino naquele uniforme! Eu podia ver todas as curvas de seu corpo naturalmente musculoso. Apesar de estar vestindo uma camiseta sob o blusão, era possível ver alguns tufos de pêlos despontando. Isso, somado ao seu cabelo castanho cortado curtinho, olhos cor de avelã e um pequeno bigode, faziam-no parecer mais velho que a maioria dos rapazes de dezenove anos que eu conhecia.
– É ótimo ter companhia. Aposto que você está com fome.
– Não muita.
Eu tirei alguns petiscos da geladeira, pus pão, carne, queijo e batata frita num prato. Nós dois devoramos a comida, mandando-a para baixo com cerveja.
– Você estava com fome! – comentei.
– É, eu como feito um pássaro – um abutre!
Liguei o rádio na estação que tocava rock e o deixei num volume muito mais alto do que meus pais jamais teriam permitido. Com certeza nenhum dos vizinhos chamaria a polícia – não na noite de Ano Novo, quando todos estavam comemorando. E pensar que eu achei que ia ter uma noite tranqüila, tomando umas cervejas sozinho...
– Hora da festa – eu disse.
Estar com Sam realmente me animava, me deixava mais feliz do que eu havia estado durante muito tempo. Era como voltar aos velhos tempos, com um colega do segundo grau.
– Ainda às voltas com as bombas, hein?
– É um trabalho – respondi, sem ânimo.
– Você não espera mais da vida?
– Acha que eu devia entrar para a Guarda Costeira? Você recebe comissão para angariar recrutas?
Sam caiu na gargalhada.
– Não foi tão engraçado. Por que a Guarda Costeira, afinal?

— Porque estava à mão — Sammy brincou. — Não, porque você patrulha a costa, ajuda e resgata marujos encalhados e civis com problemas em seus barcos — um monte de civis bêbados que farreiam na água sem ligar muito para a segurança. É um trabalho, e alguém tem que fazê-lo.
— Você gosta?
— Claro que sim, é um barato.

O tempo passou rápido. Nós entornamos muitas cervejas. Já era quase meia-noite quando liguei a TV para ver a contagem regressiva naqueles programas de sempre.
— Já é quase meia-noite. E aí então adeus para mais um ano.
— Nossa, esse pessoal ainda está vivo?
— São nossos jovens eternos! — eu comentei.
— Uma legião de Matusaléns, isso sim — disse Sam.
— Devem tomar banho de formol. Oh, vai começar!

Ouviu-se então o barulho de toda a vizinhança — além da própria televisão — gritando e berrando, dando as boas vindas ao Ano Novo.
— Feliz Ano Novo!

Sam me abraçou, mas como ele estava bêbado eu não achei que isso significasse muita coisa.

Tirei da geladeira a garrafa de champanhe barato que eu havia deixado lá para gelar. Estourei então a rolha de plástico.
— Feliz Ano Novo, Sam.

Nós erguemos os nossos copos, brindamos e bebemos o champanhe borbulhante.
— Gosto mais de cerveja — disse Sam, soltando um arroto.

Enquanto o rádio seguia com o rock pauleira em plena madrugada, Sam e eu celebramos bebendo mais cerveja. É claro que eu estava desapontado com o fato de nada mais acontecer, mas nós dois estávamos bem tortos. Em pouco tempo acabamos desmaiando no chão da sala.

Aquilo era demais para um romance. Bêbado do jeito que eu estava, sonhei com Sam de uniforme... e depois nu. No meio da madrugada acordei com um martelo na minha cabeça. Lá estava Sam — esparramado no seu uniforme de marinheiro.

Eu rastejei até ele.
— Quer ir para a cama?

– Oh, Bill! Feliz Ano Novo!
– Dois perdidos numa noite suja!

Eu tentei ajudar Sam a ir até o meu quarto para dormir na minha cama, onde ele ficaria mais confortável. Depois deixei a música num volume bem baixinho.

– Vamos dormir no chão – ele sugeriu.

Eu tirei as almofadas do sofá.

– É melhor você tirar o seu uniforme para não ficar todo amarrotado.

Quando Sam tirou o seu uniforme, eu fiquei sóbrio rapidinho. Ele era maravilhoso! Ele tirou a roupa devagar – para o meu deleite, tenho certeza. Primeiro tirou a gravata, rodando-a no ar e passando-a depois por entre as pernas. Depois tirou o blusão, os sapatos, as meias e as calças.

Assim, apenas de cueca e regata, ele me parecia um homem e tanto. Era bem peludo, mais pêlo do que eu me lembrava de ter visto no vestiário na época de escola. Mas o grande naco de carne entre as suas pernas parecia tão delicioso quanto eu havia guardado em minha memória.

– Você não vai tirar a sua roupa?

Eu tirei as minhas roupas, até ficar só de camiseta e cueca.

– Tire tudo – ele insistiu.

Eu fiquei olhando para ele com os olhos arregalados enquanto ele tirava a sua regata, revelando o seu peito peludo. Quando ele tirou a cueca – mostrando o seu pinto grande e macio – tudo o que sobrou foram as suas placas de identificação. E então ele as tirou também.

– Nada mau – eu cumprimentei, meus olhos varrendo aquele pau enorme.

A neblina da ressaca estava definitivamente se desfazendo.

– Vamos ver o que você tem – disse Sammy, perfeitamente consciente de que eu estava avaliando o seu material.

O meu corpo era o oposto do seu. Todo liso. Mas quando tirei a minha cueca, ele descobriu que o meu cacete era tão grande quanto o dele, apesar de talvez não ser tão grosso. Então, para o meu total embaraço, ele ficou duro.

– Gosta do que está vendo? – ele disse, percebendo a minha reação.

– Sim, Sammy, eu sempre tive uma queda por você.

– Venha cá.
Ele estendeu os braços e eu me joguei. Ele então me abraçou e me puxou para o chão, eu por cima dele, um nos braços do outro.
– Me abrace – eu sussurrei.
– Eu nunca vou te soltar – ele prometeu.
Rios de fluido escorriam do meu caralho, molhando a sua floresta peluda.
– Beije-me.
Seus lábios deliciosos pressionaram os meus com força. Quando ele abriu a sua boca, meti a minha língua e ele a chupou. Para culminar, nossas rolas ficaram duras e eu podia sentir a sua pica enrijecida duelar com a minha.
Quando me afastei para tomar ar, dando fim ao beijo mais apaixonado da minha vida, montei sobre suas coxas peludas.
– Oh, Sammy, eu sonhei tanto com isso.
Segurei os nossos dois paus juntos e toquei uma punheta, fazendo com que gotas claras de fluido escorressem da uretra de Sammy. Os nossos cacetes róseos se esfregavam um no outro. Quando estavam a ponto de se incendiar e soltar centelhas de porra, eu parei de bater.
Sam pegou as minhas mãos e as colocou em seus mamilos. Sob a cobertura de pêlos eu encontrei os seus bicos duros e pontudos e os esfreguei e apertei. Ele gemeu e seu pinto se agitou.
Eu queria sentir cada pedaço do seu corpo. Primeiro pus o dedo no seu umbigo, massageei as suas coxas e canelas peludas e até brinquei com os dedos do seu pé. Então, afastando as suas pernas, eu explorei a parte interna do seu rego peludo até sentir a umidade do buraco cheio de pregas. O seu mastro estava ereto e se agitou quando eu passei os meus dedos ao seu redor e o apertei.
– Bate pra mim. Por favor – ele gemeu.
Eu toquei o seu saco, sentindo suas bolas duras, enquanto batia uma punheta para ele.
– Mete o dedo no meu cu – Sammy implorou.
Foi aí que eu lambi um dedo e explorei o seu rego até descobrir o seu cuzinho enrugado e virgem. Ele sorria e agonizava no chão enquanto eu empurrava o meu dedo para dentro dele.
Eu nunca senti tanto tesão quanto na hora em que meti o dedo no cu do guardinha dos meus sonhos e bati uma punheta para ele. Eu sabia que ele estava quase gozando porque o seu pau estava

ficando duro feito aço. Então ele apertou as suas coxas contra a minha mão.
— Estou gozando! — ele gritou.
Suas coxas de repente se tensionaram e ele grunhiu. Bolas de porra brancas como pérolas foram cuspidas sobre todo o seu peito peludo, alguns globos até caíram no seu rosto e pescoço.
Eu passei os dedos na substância viscosa e a esfreguei pelo seu torso inteiro até que o pêlo ficasse brilhando de tanta porra. A essa altura o meu pau já tinha alcançado proporções gigantescas. Montado ainda sobre suas coxas peludas, eu agarrei o meu trabuco palpitante e o bombeei com um punho de ferro.
— Oh. Meu Deus! Oh, Sammy, eu estou gozando!
Então a porra jorrou pelo meu pinto como um gêiser, espalhando-se por todo o seu cacete e ovos.
Eu esfreguei a minha porra na sua rola massuda e pentelhos, até eles brilharem com a minha essência. Então, exausto, caí sobre Sam e nós adormecemos um nos braços do outro.
Acordamos no primeiro dia do ano com as picas duras como rocha e esporramos sobre o corpo um do outro até a última gota. Ele esporrou entre as minhas coxas. Eu então o deitei de bruços e jorrei a minha porra quente sobre a sua bunda peluda.
Ele depois montou sobre o meu peito e esfregou a cabecinha de seu pau ainda duro nos meus mamilos enrijecidos. Eu botei o dedo no seu cu até ele esporrar no meu rosto, cegando-me com a sua porra e deixando o meu cabelo todo pegajoso. Então, ficando por cima dele, eu cuidei da minha superereção e jorrei a minha porra quente no seu peito peludo. Nós ficamos abraçados amorosamente por um bom tempo, até decidirmos tomar uma ducha juntos — ensaboando um ao outro, batendo punhetas em meio à espuma borbulhante e vendo as nossas descargas de porra se irem pelo ralo.
Esse foi o Ano Novo mais feliz de toda a minha vida. Acho que Sam sentiu a mesma coisa. Mais tarde vimos jogos de futebol na TV enquanto brincávamos com o pau um do outro. Apesar de ter perdido as contas, eu certamente gozei mais vezes aquele dia do que em qualquer outra vez na minha vida. E até hoje, quando eu estou bombeando gasolina — ou o meu caralho —, não consigo deixar de pensar num certo integrante da Guarda Costeira bem dotado como um garanhão e na noite de Ano Novo que nós passamos juntos.

Sorte grande
Rick Jackson

Eu reli a carta umas mil vezes. O simples fato de olhar para a caligrafia de Dave já me deixava ligado por saber que a mão que havia segurado a caneta também era aquela com a qual ele tocava uma punheta. Toda vez que eu chegava ao trecho onde ele dizia que estava vindo para a cidade, eu ficava com a tenda armada. A carta estava escrita naquela linguagem descuidada, profana e abusiva que nós marinheiros usamos uns com os outros, mas o tom era sem dúvida afetuoso. Não nos víamos desde que eu tinha desembarcado do *New Jersey*, alguns meses antes, ao ser transferido para Pearl Harbor, mas tínhamos passado quase dois anos juntos no Centro de Informações de Combate do *New Jersey*. Como éramos ambos técnicos de sonar, trabalhávamos lado a lado e dormíamos no mesmo dormitório, ficando assim cada vez mais íntimos durante os longos meses da nossa missão. Na época em que pedi a minha transferência, eu era o melhor amigo de Dave. Ele tinha se tornado o centro do meu universo e a causa do meu maior tormento.

Eu estava no meu beliche lendo um romance de Charlie Chan quando Dave embarcou. O dormitório do Sistemas de Combates a bordo do *New Jersey* era mais quente do que o cu de um fuzileiro naval, por isso nós costumávamos manter as cortinas abertas quando não estávamos dormindo. Qualquer brisinha que os ventiladores antigos pudessem produzir já ajudava. Como tínhamos acabado de voltar de uma atribulada semana de treinamentos no mar, já fazia algum tempo que eu não ia à cidade e o meu saco já estava completamente inchado. Quando vi aquela bunda, perdi totalmente o interesse em ajudar o senhor Chan a resolver o seu intrincado assassinato tropical. O beliche de Dave ficava bem em frente ao meu, de modo que quando ergui os olhos de *O camelo negro* e o encontrei arrumando as suas coisas no beliche, tudo o que eu realmente pude ver foi aquela linda bunda rechonchuda. Curvado como estava, aquele traseiro era um ultraje contra a moral. Dois nacos apertados de músculos, cada um do tamanho de uma mão de homem cheia, abandonados ao léu. Quando ele se endireitou e disse que o seu nome era Dave Dalton, descobri que seus olhos seriam uma tentação à parte. Eram verdes como os de um gato e circundados por longos cílios de corça da mesma cor castanho-avermelhado de seu cabelo grosso e ondulado. Seu rosto era bonito – maxilar forte, maçãs do rosto altas, um nariz perfeito, dentes hollywoodianos e todo o resto que acompanha o rosto típico americano –, mas o melhor é que ele vinha no alto daquele corpo maravilhoso. Aquele filho da puta esplêndido era o avatar dos meus sonhos. Eu estava fodido.

Depois de quatro anos na Marinha, eu tinha ficado bom em fingir que os garanhões não faziam o meu pinto crescer. Nos primeiros meses que Dave passou a bordo eu não tive problemas. Mantive a minha pequena mente fértil ocupada com fantasias envolvendo aquela bundinha firme e aqueles olhos verdes. Quanto mais eu conhecia Dave, porém, mais gostava dele. Acho que os nossos problemas começaram mesmo quando eu o vi depois do banho. Eu tinha me imposto uma regra: preservar o meu caralho das checagens nos banheiros, uma vez que não havia por que me atormentar à toa com a carne de marinheiros. Quando acordei de uma soneca e encontrei a sua pica fresquinha de banho praticamente na minha cara enquanto ele enxugava o seu cabelo, quase avancei nele. Ele só permaneceu na minha frente por alguns segundos, mas depois disso bastava eu fechar os olhos para vê-lo – o seu lindo pau não circuncidado e grosso, de uns vinte centímetros, complementado por um maravilhoso adorno de pele na ponta. Aquele bráulio perfeito se estendia por cima de suas bolas do tamanho de ovos como uma cobra sobre um tronco. Daquele dia em diante, a vida foi ficando cada vez mais difícil.

Eu só consegui suportar as semanas seguintes porque estávamos prestes a entrar em alerta de combate, e o Comando Oficial estava tirando o couro da moçada. A bordo, eu não tinha tempo para pensar em pica. Nos meus poucos dias livres, ia para o Castro encontrar algumas carinhas bonitinhas com quem pudesse trepar até que a imagem daquela cobra voltasse a se esconder na vegetação rasteira e desaparecesse de minha mente. Uma vez no mar, porém, meu sangue frio ia por água abaixo.

Por um único motivo: eu e Dave tínhamos a mesma função – trabalhávamos sempre lado a lado no sonar. Tínhamos folga juntos; portanto, quando ele queria passear, jogar baralho ou damas, ou simplesmente vadiar, eu normalmente estava por perto. As noites eram obviamente o pior de tudo. Como a maioria dos caras a bordo, ele dormia pelado no calor. Costumava manter a sua cortina fechada para ter um pouco de privacidade e assim poder se preparar para dormir sem atrapalhar ninguém, mas quando o dormitório estava mais quente do que o normal eu olhava em frente no meio da noite para ver se a luz vermelha refletia o seu corpo firme e delgado. Dave costumava dormir de bruços. Ele gostava de dobrar a perna direita e ficar de frente para a parede – o que significa que aquelas duas nádegas gostosas ficavam apontadas diretamente para mim – pedindo para serem comidas. A um metro e meio de distância, eu tentava dormir e não conseguia. As costas musculosas que desciam de seus ombros largos até a sua cintura estreita já teriam sido ruins o bastante, mas aquela bunda era demais. Eu fechava a minha cortina e suava até bombear uma carga de porra numa boa bronha. Essas eram as noites boas.

Uma noite, depois de um dia mais duro do que o normal, ele estava muito cansado e não conseguia dormir. Remexeu-se muito na cama e acabou de lado, como sempre, com os braços enrolados no seu travesseiro, o pinto largado sob os cachos castanhos avermelhados e o seu saco caído sobre sua coxa firme. Eu não precisava mais lidar com a sua bunda, mas agüentar o seu imenso peito sem pêlos coroado por maravilhosos mamilos era ainda pior. Seu estômago era tão liso que, mesmo quando ele estava dormindo, parecia duro como uma rocha.

Certa vez, por volta da meia-noite, depois de umas três semanas ou mais longe do porto, o meu mastro já estava assado de tanto eu esfregá-lo. Eu estava tentando dormir sem gozar novamente enquanto o via agitar-se e revirar na cama. Ele apertou o seu travesseiro e começou a sorrir enquanto o seu cacete começava a inchar. Primeiro a cabecinha rastejou para fora, enquanto o prepúcio se esticava para trás da mesma. Em questão de segundos ele estava erguido acima do colchão com uns vinte e cinco centímetros. Quando o prepúcio já tinha exposto completamente a cabeça de tamanho anormal, o pau estava duro como ferro e subindo pelo seu umbigo. A cada batida do seu coração, a jeba se agitava chocando-se contra a sua barriga. Quanto maior ele ficava, mais ele se agitava e mais largo ficava o sorriso do bastardo. Eu estava quase gozando só de ver o show quando o vi acordar num sobressalto.

Seus olhos correram pelo compartimento para ver se havia mais alguém acordado e, uma vez seguro, fechou as suas cortinas. Eu o ouvi cuspir na sua mão algumas vezes e então tudo foi silêncio, a não ser pelo som glorioso da carne sendo esfregada. Depois de uns cinco minutos ele começou a sibilar como se fosse uma locomotiva a vapor secando. Pude ouvir os seus braços se agitarem, sua respiração parar, e depois de alguns minutos, um farfalhar de tecido. Logo depois, Dave abriu as suas cortinas, virou-se de bruços e se deixou levar pelas correntezas do sono dos justos, enquanto o seu cu enrugadinho me espiava do centro do sorriso daquelas nádegas firmes, deixando-me com bolhas na piroca de tanto tentar espremer a minha porra lá de dentro.

Partimos para Pearl na semana seguinte, onde ficamos durante quatro dias. Dave e eu bancamos os verdadeiros turistas. Essa era a minha primeira vez no Havaí e eu estava adorando. Durante o dia nós bebíamos, pegávamos carona até Diamond Head, nadávamos, deitávamos sob o sol dos trópicos, bebíamos e passeávamos por Waikiki. À noite, bebíamos novamente. Na nossa última noite na cidade, Dave disse que me deixaria sozinho. Eu suspeitei que ele pretendesse ir para o Hotel Street à procura de sexo barato – exatamente do que eu precisava. Eu tinha procurado o serviço local de informações gays no nosso primeiro dia no porto, portanto estava a par do bairro Kuhio e seus banhos, bares e outros negócios de família em Waikiki que ficavam à distância de apenas uma viagem de ônibus de sessenta cents de Pearl. Passei aquela noite comendo tudo o que se movia – bundas, caras, mãos – até as seis da manhã. Usei mais camisinhas do que um Exército e quando voltei ao navio sabia que seria capaz de agüentar o tranco – pelo menos por um tempo.

119

Os meses seguintes estreitaram ainda mais os nossos laços. Quando paramos em Chinhae, alguns dos nossos alugaram um táxi para ir até Pusan. Dave e eu acabamos indo para o Florida Club. As "anfitriãs" eram insistentes e eu já tinha bebido tanto que a sugestão de Dave para que nós as levássemos para passar a noite em nosso quarto fez sentido para mim. Nós ficamos em quartos separados apenas por uma cortina, portanto eu podia ouvir os sons que ele fazia enquanto mandava ver. Eu fiquei excitado o bastante para dar no couro também e me pus em ação, sonhando que o buraco passivo embaixo de mim era a bunda virgem e apertada de Dave. De repente, quem irrompe no quarto com o seu pau monstruoso balançando se não o próprio Dave? Ele estava berrando qualquer coisa sobre um rato do tamanho de um pônei que teria corrido em direção ao nosso quarto. Eu não tinha visto nada, pois estava com os meus olhos fechados, fantasiando. Eu teria perdido uma parada circense com três unicórnios e um mastodonte fácil, fácil. Nós quatro passamos os dez minutos seguintes procurando pelo rato fantasma.

Dave finalmente se cansou do safári e seguiu com sua pica ainda dura de volta para a cama. Felizmente, ele não fechou as cortinas, de modo que pude ver a sua bunda em ação pelo resto da noite enquanto ele metia o seu monstro na caverna. Ele comeu a putinha umas quatro vezes antes de irmos embora e eu me mantive mais ou menos emparelhado com ele. Ela com certeza não era grande coisa – distante e afetada o tempo todo, interessante como um seminário de teologia, mas o exemplo de Dave era uma inspiração para mim. Eu torcia para conseguir bombear uma quantidade de porra socialmente aceitável para secar a minha bomba. Além do mais, existe algo no fato de dois caras treparem juntos desse jeito que estreita os laços masculinos entre eles.

Fomos para Yokosuka, Hong Kong e Ilhas Filipinas, mas consegui evitar as putas até chegarmos a Subic. As Filipinas eram uma espécie de Disneylândia dos marinheiros, portanto eu sabia que não havia como evitar fazer aquilo lá. Na noite em que chegamos, passei como um raio pelo portão e fui para um famoso bar gay na Rizal Boulevard. Encontrei um cara com quem tive uma relação insignificante e transitória que foi consumada num pulgueiro no Olongapo Casino. O cara era quase tão ruim quanto a puta coreana, mas pelo menos eu gozei o suficiente para garantir que poderia confiar em mim na noite seguinte. Eu já havia prometido a Dave que iria com ele ao Bo Barrito. Trinta minutos de jipe da base por três pesos, o "barrio" consistia em um quarto de milha de zonas baratas bem fornidas de cada lado da estrada empoeirada. Por uns sete dólares um marujo podia se acabar, pagar uma garota e um quarto para passar a noite e ainda ter dinheiro sobrando para se embebedar na manhã seguinte. Dave e eu saímos com outros rapazes do navio, mas acabamos a noite num bar chamado The Buzzard Inn. Os quartos eram melhores do que o habitual, mas Dave pareceu ter problemas com a sua puta. Nós nos separamos por volta da meia-noite e meia hora depois ele estava na minha porta, completamente fora de si com a morosidade da sua piranha. Pensei rápido e o convidei para entrar, sugerindo que nós dois passássemos a noite comendo a minha garota.

Eu já tinha posto a minha imaginação para funcionar, sonhando com o buraquinho apertado e quente de Dave enquanto aquecia a garota (que tinha o doce, apesar de impreciso, nome de Baby Ruth). Enquanto Dave tirava as suas roupas, eu lhe sugeri que assumisse a partir de onde eu tinha parado. A garota quis fugir da raia quando viu a ferramenta de Dave, mas eu gentilmente a lembrei de que já tinha pago por ela em dinheiro e tinha o recibo para comprovar. Ela deixou que Dave continuasse – enquanto eu assistia a cada movimento. Com os meus comentários e sugestões constantes, Dave foi em frente. Eu me sentei na ponta da cama e fiquei vendo o seu caralho deslizar para dentro e para fora dela, sonhando que era eu quem ele estava comendo. Quando a coisa começou a esquentar, me aproximei um pouco mais e brinquei com eles enquanto trepavam. Eu estava muito impressionado. Ajeitei-me para que a putinha pudesse me chupar enquanto Dave metia o seu pau inchado nela. Não era aquele chupada que eu queria, mas certamente era melhor do que nada. A primeira trepada durou uns dez minutos e então eu assumi o controle, enquanto ele fazia os comentários. Insisti para que ele se levantasse e ela o chupasse a poucos centímetros do meu rosto. A visão me encheu de uma paixão diferente de qualquer coisa que eu conhecia, mas era frustrante demais, pois eu sabia que aquilo era o mais perto que eu ia conseguir chegar do seu pinto. Na segunda rodada usamos o popular método sanduíche: Dave por baixo de Baby Ruth impulsionando-a para cima, enquanto eu comia a sua bunda como se tudo o que eu precisasse fazer fosse empurrar com bastante força para chegar até ele através dela. Olhei para o seu rosto além dela e vi quando ele abriu os lábios e apertou os olhos enquanto gozava dentro dela. Mandei ver a melhor porra da minha vida. Nós fanfarronamos e farreamos como animais. Foi demais! Trepamos com ela alternadamente pelo resto da noite. Quando pegamos um jipe para a base no dia seguinte, estávamos quase tão íntimos quanto eu desejava que fôssemos.

Enquanto eu relia a carta novamente, aquela noite no Bo Barrito, o ponto alto da missão de alerta, voltava à minha mente incessantemente, como num projetor de slides enguiçado. Tivemos outros bons momentos, mas aquela noite assombrou o meu sono e as minhas horas acordado durante semanas, até que eu percebi que teria que sair do *New Jersey* antes que o meu segredo vazasse ou eu perdesse a sanidade mental. Eu gostava do Havaí e, como estava para ser aquartelado na costa, decidi pedir transferência para Pearl. Tivemos uma última farra no Terror Club em Sebwang, Singapura, antes da minha transferência, e eu prometi manter contato. Desde então, tinha recebido alguns cartões e agora A Carta.

Quando peguei Dave no aeroporto no sábado seguinte, estava bastante temeroso e por vários motivos. Primeiro, é claro, eu não queria deixar O Meu Segredo escapar depois de tê-lo escondido por tanto tempo. Eu não só perderia o seu respeito como a minha carreira poderia terminar na metade se qualquer outra pessoa descobrisse quem eu era. Em segundo lugar, a gente sempre se sente desajeitado quando encontra velhos amigos depois de algum tempo longe. Depois das primeiras cervejas, contudo, senti que nada tinha mudado. Ainda éramos tão próximos que eu podia dizer o que ele estava pensando apenas com um olhar. Passamos o resto da noite bebendo e, quando terminamos a última caixa de cervejas do meu apartamento, éramos a ilustração perfeita do verbete "bêbados".

Eu tinha arranjado um quarto em Salt Lake, mas ainda não tinha conseguido alguém com quem dividi-lo, portanto havia bastante espaço no lugar, mas apenas uma cama. Dave insistiu para que eu ficasse com ela. Depois de toda a cerveja que tinha tomado, eu mais ou menos desmaiei assim que a minha cabeça ficou na horizontal. Dave ainda estava ligado, terminando o seu banho e apagando as luzes. Eu tinha adormecido havia pouco tempo quando o senti sacudindo o meu ombro. Olhei para cima e o vi nu com o cabelo ainda desalinhado do banho. Ele murmurou qualquer coisa sobre o ar-condicionado estar forte demais no chão e se eu não me importava de ele dormir na cama comigo.

Se eu estivesse sóbrio, teria encontrado alguma razão para provar que aquela não era uma boa idéia. Felizmente eu estava tão bêbado que achei que conseguiria dormir a noite inteira sem violentar ninguém. Eu me virei para o lado e ele dormiu na sua posição de bruços tradicional. Fiz vista grossa.

Acho que acordei uma vez sentindo o seu braço caído sobre o meu peito, mas de resto dormi como um marujo bêbado. Na manhã seguinte, gravitei entre o sono e a consciência com um mastro duro. Meu subconsciente estava se debatendo entre me segurar ou não para mijar mais tarde, quando senti uma mosca na minha testa. Eu a tirei e logo descobri que era o cara que estava comigo que estava tirando o cabelo do meu rosto. Eu me aconcheguei a ele automaticamente, pus o meu braço ao redor da sua cintura e perguntei como ele tinha dormido. A ficha só caiu quando ouvi a voz de Dave. Abri os olhos e me lembrei de quem era o cara. Eu devo ter mudado de cor umas dez vezes tentando ajeitar as coisas. Ele simplesmente olhou para mim com um pequeno sorriso sem-vergonha enquanto eu tagarelava sobre ter pensado que ele era alguma garota que eu tinha trazido para casa. Quando finalmente parei de falar, ele pegou a minha mão e a colocou sobre a sua rola latejante.

Quando aqueles olhos verdes atravessaram a minha alma, Dave me disse que estava tentando penetrar na cortina que separava as nossas almas desde a nossa segunda semana a bordo. Disse-me que por várias vezes tinha percebido o meu desejo ardente, mas nunca tivera coragem de pôr o dele na reta. Ele me perguntou se eu não tinha percebido que ele dormia nu com as cortinas abertas. Se eu não tinha achado estranho ele ter ido caçar um rato num puteiro enquanto eu tentava trepar. Se eu não tinha achado que o fato de ele ter vindo até o meu quarto no The Buzzard queria dizer alguma coisa. Por que é que eu não tinha captado nenhuma pista? Com certeza eu tinha idéia de qual era a sua intenção quando ele pulou na cama na noite passada, não é? Ele reviu todo o nosso passado, ergueu-se sobre o cotovelo e, olhando para dentro de mim, explicou-me como fora se sentindo cada vez pior enquanto estávamos a bordo. Agora, contudo, ele havia decidido que não tinha nada a perder. Assim que percebi a sorte que eu tinha, comecei a lamentar o tempo que havia perdido. Perguntei quando é que ele tinha que se apresentar ao seu novo comande, quando ele disse que só tinha até quinta, fiquei desolado. Ele então sorriu e sugeriu que eu arranjasse um parceiro de quarto. Seu novo comando era em Wahaiwa – a uns vinte minutos do apartamento. Enquanto eu tentava me ajustar aos novos acontecimentos, ele começou a balançar suavemente os seus quadris, empurrando a sua colossal protuberância contra a minha mão. Quando percebi que ele estava usando a minha mão para se masturbar, descobri também que a loja de doces estava aberta e sem guarda e que eu deveria deixar os pensamentos racionais para muito, muito mais tarde. Mergulhei nos lençóis que tinham aprisionado o calor de nossos corpos, protegendo-nos do frio da manhã, e dei uma lambida nele. Usei a minha língua nas suas bolas, vara, cabeça, bunda, mamilos e tudo o mais que pude alcançar. Começando devagar, eu fui ficando cada vez mais selvagem, até me engasgar com o seu bráulio impossível enquanto ele me chupava melhor do que em qualquer fantasia minha.

Ele tirou a boca da minha carne e me puxou para cima dele. Suas pernas agarraram a minha bunda e ele praticamente me forçou a comê-lo. Quando coloquei minhas mãos nos seus ombros e olhei para aqueles olhos alegres e necessitados, senti que estava perdendo o controle antes mesmo de estar completamente dentro dele. Meus quadris ficaram selvagens. Eu batia contra a sua bunda linda conduzido por quase três anos de paixão enrustida e finalmente liberada. Quando enchi a sua bunda com a minha porra, ele sorriu e brincou comigo, chamando-me de "Ligeirinho". Ele se lembrava de que eu havia precisado de quarenta e cinco minutos com uma certa piranha no The Buzzard. Empurrei os meus quadris na sua bunda com um pouco mais de força e apertei os seus mamilos enquanto eu lhe lembrava que, apesar de ser uma putinha internacional, ele não era uma mulher.

Acho que Dave deve ter gostado disso, porque me fez um meneio de cabeça, colocando as suas mãos na minha bunda com um sorriso. Eu me desvencilhei do seu abraço e insisti que era a sua vez de mostrar o seu material. Botei a mão debaixo do colchão e catei

Sorte grande

um tubo de vaselina. Talvez um dia ele conseguisse me alargar o suficiente para não precisar disso, mas até lá nós iríamos fazer as coisas devagar: eu ia cuidar de tudo. Lubrifiquei a sua tora, uma quantidade suficiente para um pequeno navio, antes de entrar em ação. Quando comecei a brincar com a minha carne dura, eu me abaixei até ele tão suavemente quanto poderia fazer um cara apaixonado. Eu não tive muita sorte logo de primeira, mas de repente ele deu um pequeno empurrão com os seus quadris e abriu os portões. Eu gritei como um prisioneiro sendo eletrocutado e consegui apertar as suas bolas, lembrando-o de que era eu quem estava no comando dessa missão. Ele afrouxou a mão do meu caralho e me disse para não fazer tipo, mas ficou quieto e me deixou tomar o que ele tinha no meu próprio ritmo. Eu não queria me machucar e levar tempo demais para sarar. Se ele ia ficar por perto, eu queria que amanhã fosse tão bom como hoje. Forçando ao máximo as minhas entranhas em fogo, finalmente o ajeitei dentro de mim e comecei a balançar lentamente, forçando a minha próstata contra ele.

Eu o deixei iniciar uma lenta rotação enquanto me pus a brincar com os seus mamilos, ficando bastante inclinado para a frente para beijá-lo como eu nunca tinha beijado ninguém. Desta vez foi ele quem gozou anos antes da hora. Mal eu enfiei a minha língua na sua boca, seus quadris assumiram o controle. Ele entrava e saía de mim como um pistão, puxando minhas entranhas quando descia, me fazendo querer explodir quando subia. A pressão na minha próstata era tão maravilhosa que pela primeira vez na minha vida gozei simplesmente com a penetração anal. Enquanto ele forçava os seus fluidos para dentro de mim, os meus saíram numa torrente pela minha vara, voando sobre o seu peito, rosto e a parede atrás da cabeceira. Quando o seu pinto finalmente se aquietou, eu apertei novamente as suas bolas – desta vez para tirar delas a última gota de porra. Contraí a minha bunda com o máximo de força que pude, enquanto empurrava o meu corpo para cima, espremendo-o. Deitei-me por cima dele, vibrando sobre o seu peito firme, nossos corpos separados apenas por uma fina camada da minha porra. Nós nos beijamos e abraçamos até que, ainda enroscados um no outro, adormecemos profundamente por mais algumas horas.

Eu fui o primeiro a despertar quando o sol bateu na nossa cama e o acordei com o meu pau. Desde aquele dia, não penso em outra pessoa. Exceto pelos dia de vigília – que nós conseguimos manobrar para ter em comum –, temos feito amor pelo menos uma vez por dia. Depois do trabalho bebemos algumas cervejas, tomamos uma longa ducha e passamos o resto da noite na cama, fazendo amor devagarinho enquanto conversamos, vemos TV ou só olhamos um para o outro, admirando a natureza. Nós nos tornamos mais do que amantes, mais do que amigos. Nós nos tornamos um único espírito em dois corpos, que se completam apenas quando juntos, e que uma vez juntos não precisam de mais nada.

Companheiros de bordo
Rick Jackson

Quando embarquei uma certa fragata, dois dias antes de partirmos para uma operação de seis meses, eu não esperava tanta aventura. Mesmo hoje em dia, San Diego tem muito a oferecer a um jovem que circule pelas ruas em busca de um parceiro sexual, mas uma vez no mar eu tinha a certeza de que acabaria esfolando o meu próprio pau. Foi mais ou menos o que aconteceu, sem que para isso porém eu tivesse precisado sequer erguer a mão.

Na tarde em que partimos, eu estava no meu computador tentando desfazer o estrago causado por dúzias de idiotas da minha divisão no meu disco rígido. Olhei para cima por distração e vi o sonho erótico de todo jovem vindo em minha direção. Ele tinha um metro e noventa e o corpo de um deus. O seu cabelo louro era bem aparado dos lados, mas havia uma franja farta e luminosa no alto da cabeça. Suas sobrancelhas mais escuras juntavam-se sobre os olhos verdes de gato, dando-lhe o aspecto de um animal potente, preso num corpo militar. Um nariz perfeito e um maxilar forte completavam a figura com o bônus de um par de covinhas que fariam o cacete de uma estátua bater contra a sua barriga. Eu ainda não tinha visto o peito sem pêlos, os mamilos duros que apontavam para a frente nem o que balançava entre as suas coxas, mas desde a primeira vez que olhei para Chris Martin soube que ele era de uma beleza que me teria feito lamber a boceta de sua mãe de bom grado só porque ele uma vez tinha passado por lá nu. Eu sabia que estava olhando totalmente embasbacado, mas ele não pareceu perceber. Para falar a verdade, o cara foi direto ao assunto.

— Ouvi dizer que você tem um material interessante. Pensei que talvez pudéssemos ajudar um ao outro. Gostaria de ir até a enfermaria para ver o que eu tenho?

Se a sua aparência tinha me deixado boquiaberto, você pode ter uma idéia de como a sua proposta me deixou. Eu já tinha ouvido falar que os comandantes tinham abordagens diferentes quanto ao "problema gay". Alguns simplesmente ignoravam o que o pessoal fazia e com quem – contanto que os caras não saíssem da linha para fazer disso uma questão política. Outros caçavam a sua tripulação incessantemente, torcendo para descobrir algum pobre coitado que "não fizesse parte desta Marinha de homens". Um garanhão com a pinta de Chris fazendo uma proposta direta assim para um estranho era um fenômeno. Modéstia às favas, eu sei que sou bom, mas os caras costumam levar mais do que cinco segundos para pedir para chupar a minha ferramenta. Acho que eu estava pensando em sexo seguro ou algo parecido quando balbuciei:

— Enfermaria?

Ele me cegou com o seu sorriso hollywoodiano e disse:

— Sim. Eu sou o doutor Chris Martin. Tenho um Pentium II, 4 gigas e multimídia.

A ficha finalmente caiu. O esplêndido palerma não queria o meu caralho e sim o meu software. Programas de computador eram definitivamente a única coisa "soft" que eu tinha naquele momento!

Enquanto o acompanhava até a enfermaria, ajeitei o meu instrumento ao longo da barriga para que não desse muita bandeira. Quando chegamos à enfermaria, eu me perdi numa neblina da luxúria. Lembro-me de ficar de pé na sua frente enquanto ele digitava em seu teclado. Lembro-me do perfume dos seus cabelos e do cheiro de homem misturado ao cheiro de sabonete que exalava do seu corpo. Não sei dizer quanto tempo o meu pau ficou separado da sua boca apenas pelo uniforme do meu país e alguns poucos centímetros. Eu devo ter dado as respostas certas quando me perguntou, pois foi só quando passou por mim para pegar uma caixa de disquetes e esbarrou no Monstro que eu entreguei o jogo. Seu cotovelo encontrou o meu pau duro de vinte e quatro centímetros escalando pela minha barriga, provocando-me um verdadeiro choque. Eu não consegui segurar um gritinho de virgem ofendida.

Ele me lançou um olhar e um sorriso e disse que eu estava precisando de ajuda – que não era saudável ficar com o pinto duro desse jeito o tempo todo. Eu disse que não havia nada que eu desejasse mais, mas que era muito pouco provável que eu conseguisse a ajuda de que necessitava numa fragata da Marinha. Ele suspirou, deu um último e melancólico olhar de despedida para a tela e seguiu em direção à porta, trocando a plaquinha de Livre para Ocupado.

Sei o que se diz sobre os caras que têm mãos grandes, por isso fiquei olhando fascinado para ele enquanto colocava as luvas tamanho oito, mas quando me disse para botar a rola para fora, eu realmente saí do meu estupor. Eu nunca tinha exibido o monstro para alguém em quem eu não o tivesse usado antes, e não tinha idéia do que Chris ia pensar sobre a minha condição. Quando ele se aproximou para examinar o meu pau duro e grosso palpitando na minha barriga e passou a sua mão enluvada ao redor dele, fiquei melado num piscar de olhos e quase gozei. A sua outra mão manipulou as minhas bolas da maneira como eu imaginava ser a sua bunda – dura e firme. Ele as soltou finalmente, mas continuou segurando a minha protuberância enquanto deslizava os seus dedos pelos meus flancos como se eu fosse um potro que ele estivesse avaliando para levar para o seu estábulo. Ele deixou a minha cobra pular de volta contra a minha barriga e me virou, curvando-me sobre a mesa de exames. Antes que eu pudesse reagir ao couro negro e frio, dois de seus dedos lubrificados estavam na minha bunda com um supositório para hemorróidas. Eu mal havia conseguido me dar conta da violação do meu reto quando senti seu dedo médio empurrar o supositório, fazendo-o deslizar pelos tecidos do meu canal, numa forte pressão contra a minha próstata. Eu já havia sido comido antes, mas nunca tinha curtido, sou um comedor nato. Eu sou ativo, não um passivo. Havia porém algo de excitante em Chris usar a minha bunda que me fez sentir tremores por toda a espinha.

Uma de suas mãos ficou pressionando a parte delgada das minhas costas, aprisionando a minha bunda onde queria. Quase antes de entender o que estava acontecendo, comecei a sentir o supositório se derretendo dentro de mim. Ele deslizou pelos seus dedos até escorregar pelo meu cu como a sombra da perdição. Não consegui evitar as contrações quando o seu dedo médio se enterrou no meu cu enquanto o outro subia, alargando o meu buraco. A cera de abelha finalmente se desmanchou num xarope viscoso, lubrificando o meu rego, mas o seu dedo continuou atrás da minha próstata, deslizando para dentro com força e fazendo círculos que tocavam a minha bunda como se ela fosse um cello. Quanto mais forte ele empurrava, mais alto eu me ouvia gemer. Eu não conseguia me segurar. Assim que uma parte do meu buraco parecia entorpecida o bastardo deslizava o dedo e a despertava para uma vida deliciosa. Eu me perdi numa névoa de sensações diferentes de qualquer coisa que jamais tivesse sonhado ser possível. Aquelas duas mãos enluvadas ainda poderiam estar encantando a minha bunda se eu não tivesse sentido a necessidade de mijar. Tentei me levantar, mas a sua mão implacável nas minhas costas me manteve embaixo, por isso eu tentei me segurar. Quanto mais eu pensava em não mijar, pior a pressão ficava, até que finalmente tive certeza de que não conseguiria mais me segurar. Meu corpo me ensinou a verdade. Não era mijo, Chris havia me tocado do jeito certo. Meu cu apertou os dedos invasivos, minha boca se contraiu e meus quadris começaram a martelar meu cacete contra a mesa até que minhas entranhas se liqüefizeram, transformando-se em plasma, que esguichei a rodo. Foi sêmen quente de homem do mar espalhado sobre a minha barriga e peito, espirrado sobre a mesa e ainda mais além. Minha camiseta ficou ensopada de porra. Cada jorro possante que atravessava a minha ferramenta forçava a sua base tenra contra a superfície de couro da mesa com renovado frenesi até eu me tornar um marinheiro trêmulo coberto por uma espumosa massa de porra, mas muito feliz. Eu estava tão ocupado em comer a mesa enquanto Chris escarafunchava o meu cu que não percebi o que aquele puto egoísta estava planejando. Eu não o tinha ouvido abrir o zíper de suas calças, nem visto o seu pau deslizar numa camisinha de tamanho gigante. A primeira pista que eu tive do que vinha a seguir foram os dedos de Chris saindo do meu buraco. Meu pau ainda estava desferindo seus últimos golpes sobre a mesa encharcada quando senti as suas mãos em meus ombros. Eu já estava tão longe que nem me dei conta de que o cheiro de homem nos dedos de Chris eram dos fluidos do meu próprio cu. Pouco depois de descobrir as maravilhas que se escondiam ali, mais coisas surgiram para eu me preocupar.

É claro que ele não conseguiu entrar nas primeiras vezes em que empurrou a rola para dentro do meu rego. Ele tinha brincado com o meu buraco por uns dez ou quinze muitos, mas o seu instrumento era enorme. Senti o seu peito e barriga ainda cobertos apoiarem-se nas minhas costas para lhe dar uma melhor alavanca. Ouvi os grunhidos animais escaparem de sua garganta e a sua respiração tornar-se selvagem, enquanto ele cravava os dentes na minha nuca como um gato sob uma lua cheia.

Eu sabia que estava fodido. Era só uma questão de tempo. De alguma maneira, porém, eu não me importava. Eu queria ser usado. Se o seu caralho sabia metade dos truques dos seus dedos, eu estava na melhor viagem da minha jovem vida. Quando ele bateu mais forte contra o meu buraco, eu deslizei minhas mãos para trás para dar uma checada na camisinha e então entrelaçá-las atrás da sua bunda firme. Eu o senti se contrair enquanto metia cheio de tesão como um alce no cio até eu me abrir por inteiro e ele varar as minhas entranhas.

Se os paus normais tinham me machucado, o dele ia ser letal. Por um momento eu tive certeza de que ele precisaria me suturar depois de entrar em mim. Mas, de alguma forma, a dor que eu esperava nunca veio. Ao invés disso eu fui sacudido violentamente por onda após onda de um delicioso êxtase cauterizante. A sua terrível ferramenta alcançava meus nervos e os fazia cantar, cada golpe cruel de seu pinto inchado na minha bunda encerada o fazia mergulhar ainda mais fundo em mim. Enquanto a base do seu instrumento arrebentava meu cu, senti os seus pentelhos louros e macios roçarem as minhas ruínas, e o seu membro inchado manipular as fibras virgens da minha virtude. Senti as suas bolas gigantescas baterem na minha bunda, ouvi a sua respiração selvagem e senti os seus dentes cravados no meu pescoço. Quando me dei conta de que ele me estava usando como a puta depravada mais baixa de toda a criação, tudo o que eu senti foi um tesão imenso. Minhas duas mãos estavam agora entrelaçadas atrás de sua bunda, puxando-o para mim, para dentro de mim. Quanto mais forte ele me comia, mais a minha bunda arrombada queria mais. Cada toque seu era pura eletricidade, cada torção da sua vara dentro de mim ou raspada dos botões da sua blusa nas minhas costas enviavam novos abalos sísmicos de êxtase à minha carne, até que a minha alma se perdeu numa torrente infinita do mais terrível e glorioso êxtase. E o seu mastro continuava me rasgando.

Cada empurrão brutal do seu pau grosso devastava a minha próstata, mas eu sentia o meu cu encerado apertá-lo para agarrar melhor, mesmo quando ainda tentava alojá-lo por inteiro. A sua cabeça inchada me alargava cada vez mais a cada ataque de sua arma, mas um armistício era a última coisa que me passava pela cabeça. Cada vez que o seu corpo se chocava contra o meu, cada vez que o meu corpo tremia, se arrepiava ou contorcia em resposta, a minha pica ensopada de porra dançava entre a minha barriga quente e o couro duro que tinha se tornado a nossa cama de pecados. Momentos depois de ele meter a sua tora nas minhas entranhas eu sabia que estava prestes a descarregar mais um jato de porra na minha camiseta. Isto era praticamente tudo o que eu sabia. Chris tinha me deixado deslumbrado desde o primeiro instante e eu ainda estava num estupor. Meu mundo estava concentrado na minha bunda deliciosamente atormentada e na base do meu pau. Enquanto Chris ia socando o seu mastro cada vez mais rápido e fundo na minha bunda, eu ia perdendo todo o interesse na Marinha, em mim, ou na própria vida. Nada mais tinha significado a não ser o poderoso mergulhador que bombeava poder e satisfação a cada metida. O tempo e o espaço se condensaram na minha bunda e o universo lá fora escureceu e esfriou, até que os fogos da criação brilharam dentro de mim. Ouvi meus grunhidos ecoarem longe a cada metida, meus gemidos a cada recuo seu, até eu soar como um órgão de igreja quebrado. A música que ele cantava enquanto bombeava o seu órgão magnífico era outra – o som da natureza primitiva em movimento. Seus grunhidos rosnados enlouquecidos por entre os dentes cerrados que me mantinham preso como o seu troféu ocuparam a minha mente da mesma maneira como a sua carne estava enchendo a minha bunda. Nós deslizamos juntos pela escuridão, ligados pelo desejo em comum e pela consciência de que éramos dois animais jovens e saudáveis atendendo ao chamado selvagem da natureza.

 Por fim, enquanto saltávamos e cantávamos a música da natureza, os últimos recônditos do meu cérebro se calaram e eu fiquei surdo ao mundo de fora da minha bunda. A escuridão e a paz tornaram-se absolutas e eternas. Na vida, porém, até a eternidade tem limites. Eu me senti trazido de volta para a vida quando mais esguicho jorrou do meu caralho, parecendo estourar os meus miolos. Eu me ouvi gritar e senti minhas mãos se emaranharem nos seus cabelos, puxando-o para mim enquanto o meu pau dava um outro banho no meu uniforme. Chris tinha outras coisas em mente, porém. Quase imediatamente depois de eu ter voltado à vida, encontrando os meus culhões sobrecarregados de porra e todos os meus músculos tensionados, sua arma do tamanho de um mustangue também disparou. Eu não senti os chumaços loiros açoitando a minha bunda, mas pelos "Meu Deus" e "Oh, caralho!" no meu ouvido não havia muita dúvida de que o meu novo companheiro de bordo estava gozando. Continuei contraindo o meu cu em torno da sua rola enquanto ele exultava dentro das minhas entranhas e metia até secar. Quando finalmente deu uma parada espasmódica, eu estendi a mão para segurar a sua camisinha. Eu sabia que ele queria tirar o seu pau da minha bunda, mas eu não ia abrir mão dele – não até usar a sua bunda como ele tinha usado a minha. O meu olho flagrou o estribo na ponta da mesa de exame e eu soube que bons tempos estavam por vir. Primeiro, porém, eu teria que me recuperar. Eu tinha esporrado dois dos maiores jatos da minha vida nos últimos trinta minutos. Eu queria me demorar na sua bunda, mas também queria dar a ela algo marcante. Quando ele se levantou, segurei a base da sua camisinha, e deixei enfiada, e me levantei. Minha camiseta era uma catástrofe nacional, mas empurrei-a para dentro da calça junto com meu cacete duro. Uma vez recruta, sempre recruta. Pelo seu olhar percebi que ele estava surpreso e desapontado. Dei-lhe um sorriso e um tapinha em seu belo traseiro nu, dizendo que ia cuidar dele em poucos minutos. Primeiro, porém, nós tínhamos alguns programas de computador para trocar. Depois então cuidaríamos do meu pagamento. De pé, ao seu lado, durante a meia hora seguinte, eu brinquei com a minha bunda, contraindo o meu cu com força até conseguir expulsar a porra restante da camisinha ainda enfiada em mim, fazendo a sua porra escorrer pela minha coxa direita. Quando fiquei completamente seco e pronto para outra, me inclinei para mordiscar o lóbulo de sua orelha. Senti o seu corpo tremer enquanto a minha respiração quente soprava na sua orelha:

– OK, marujo, acho que é hora de você ver o que um especialista em hardware sabe sobre medicina.

Pelo sorriso que surgiu no seu rosto, soube que teríamos uma bela operação trepa-trepa pela frente. Eu poderia contar mais histórias sobre os próximos meses, mas está na minha hora de dar um pulo na enfermaria para mais um exame.

Frutos do mar
William Cozad

Peguei o ônibus para Sacramento para visitar o meu irmão. Na saída para São Francisco, ele atravessou a Bay Bridge para fazer a sua única parada. Dois passageiros embarcaram em Oakland – uma senhora corpulenta com um monte de bolsas e um marujo uniformizado.

Não havia muita gente no ônibus, por isso fiquei um pouco surpreso quando o marujo sentou-se ao meu lado. Aproveitei para dar uma rápida olhadinha em sua mala guardada por treze botões quando ele se esticou para ajeitar as suas coisas no bagageiro.

Ele era jovem, provavelmente com uns dezenove anos. Louro de olhos azuis. Eu não disse nada, nem ele, mas o meu pulso já estava acelerado quando o ônibus entrou à toda velocidade na rodovia 80 sentido leste. Já fazia muito tempo que eu não comia "frutos do mar". Houve uma época em minha vida, porém, que isso era tudo o que eu comia e queria.

Tentei parecer amigável, mas sem pegar pesado para não assustá-lo. Ele podia facilmente mudar para o assento livre do outro lado do corredor. Fiquei pensando em por que teria se sentado ao meu lado. Só se ele gostasse de ficar a estibordo e quisesse a vista desse lado.

Ele se reclinou no assento e pareceu cochilar. O ônibus vibrava, fazendo o seu peculiar vrum-vrum. Olhando pela janela, fiquei admirando a paisagem. Pouco depois, senti a pressão da sua perna contra a minha. Tinha sido provocada apenas pelo movimento do ônibus, mas ele não fez nenhuma esforço para se afastar.

Droga, ele tinha me deixado de pau duro! Decidi ficar encostado – mesmo que o contato tivesse acontecido por acidente – e curtir a sensação, o calor de sua perna e a excitação que ela estava provocando no meu cacete. Dei uma olhada para o seu ventre e pensei ter detectado uma protuberância dura. Mas eu não tive certeza. Talvez ele estivesse dormindo, sonhando com a sua garota. Seus olhos estavam fechados, seus longos cílios louros roçando as suas bochechas. Seus lábios de rubi faziam beicinho, do tipo que imploravam para serem beijados.

Se eu fosse jovem como ele teria me arriscado. Teria enchido a mão com aquele caralho. Ele poderia topar ou não. Se me desse um soco, eu revidaria. Os machões sempre se surpreendem quando encontram uma bicha que não tem medo deles. A maioria desses caras ladra, mas não morde. Eu já tinha transado com muitos, mas muitos marujos mesmo, mas isso tinha sido anos antes. Agora eu tinha amadurecido e não queria mais saber de baixaria.

Meus olhos estavam absortos na sua mala. Eu sempre achei que o uniforme da Marinha americana era uma das roupas mais sexies que existem. O blusão abraçava os contornos do peito e aquelas calças boca-de-sino e sem bolso faca evidenciavam as suas bundas. Quantas vezes eu já tinha aberto aquelas fileiras de treze botões!

Os marujos tinham sempre um aspecto limpo e fresco. Eram o que havia de melhor em termos de exemplares masculinos dos Estados Unidos. Rapazes de sangue quente, cheios de tesão, que não se opunham a uma bela chupetinha – às vezes até fazendo uma outra em paga. Eu tinha boas lembranças de todos os marujos que já havia amado.

– Há um banheiro lá atrás, não é?

Sua voz rouca me deixou perturbado.

– Parece que sim.

– Acho que fiquei com tesão de mijo.

Ele deve ter sacado que eu estava de olho no seu mastro. O que sei é que, na seqüência, ele pegou a minha mão e a colocou na sua rola. Ela já estava dura. Eu quase gozei na calça.

O ônibus seguia seu caminho pela estrada mas eu já não estava mais interessado na vista. Eu queria o marujo que tinha ido ao banheiro. Fiquei imaginando o que ele estaria fazendo. Tocando uma punheta, será? Com certeza estava demorando.

Foi aí que me caiu a ficha. Talvez fosse melhor eu dar uma olhada. Acho que ninguém estava prestando atenção, as pessoas estavam cochilando ou olhando a paisagem. Minha imaginação estava correndo solta. Se ele só estivesse mijando, a porta estaria trancada. Mas ele tinha colocado a minha mão no seu pau. Eu tinha que descobrir ao certo o que ele queria.

Apesar da tenda armada nas minhas calças, fui até o banheiro. Acho que só um cara prestou atenção em mim. Não quero nem imaginar o que foi que ele pensou. Mas eu não me importava. Aquilo não era da conta dele. Só uma outra bicha louca entenderia o que estava acontecendo.

Abri a porta do banheiro, que estava destrancada, e vi o marujo. Ele estava totalmente nu. Aquilo me deixou atônito. Parecia irreal. Ele era tão bonito. A pele branca leitosa sem uma única imperfeição. Mamilos róseos no peito. Um arbusto louro. E um cacete grosso e não circuncidado dependurado entre as suas pernas.

O banheiro era apertado, para dizer o mínimo, mas isto não me importava. Eu estava acostumado às pequenas cabines de *peep show*. Esse ninho de amor, porém, estava em movimento. Eu não conseguia deixar de pensar no que poderia ter acontecido se outro passageiro tivesse aberto a porta e descobrisse um marujo nu lá dentro. Não importa, era eu quem o tinha encontrado e ficado com o melhor da festa.

Tranquei a porta e o abracei. Nenhuma outra sensação no mundo era melhor do que a de sentir o corpo nu de um homem contra o meu, mesmo que eu estivesse vestido. Aquilo me dava uma sensação de poder sobre o belo marujo. Eu tinha lido na tarja do seu uniforme o nome do porta-aviões da Força Aérea, *USS Kitty Hawk*. Fiquei pensando se era assim que ele conseguia as suas chupetinhas a bordo – aparecendo nu no banheiro ou num vestiário qualquer.

Eu me curvei para abocanhar o seu pau e deixá-lo duro, mas ele me deteve. Rasgou uma embalagem que estava em suas mãos. Eu tinha ouvido recentemente que havia camisinhas com chips de computadores que tocavam uma música quando se abria o pacote. Esse era silencioso, mas tinha uma data de validade estampada, 2/01.

Fiquei olhando enquanto ele desenrolava a camisinha pelo seu pau. Ele abriu o meu zíper e libertou a minha pica já dura. Ele tinha uma outra camisinha para mim e a colocou amorosamente sobre a minha piroca. Aquele era um marujo sensato, adepto do sexo seguro. Acho que a Marinha moderna era mais realista, dizendo-lhes que usassem camisinhas ao invés de lhes mostrar filmes de horror sobre os piores casos de doenças venéreas da história, como faziam na minha época.

– Qual é o seu nome, gatinho?
– Danny.

Eu sempre gosto de saber o nome e algo mais sobre os meus parceiros sexuais. Faz com que a coisa pareça durar mais e ter mais significado do que aqueles contatos rápidos e anônimos que alguns caras preferem.

– Você é um rapaz bonito.
– Obrigado. Eu realmente gosto de homens mais velhos como você.

Aquilo já era papo suficiente para o momento. Eu sabia que não havia muito tempo. A viagem até Sacramento durava apenas duas horas. Nós já estávamos bastante adiantados na viagem e alguém mais podia querer usar o banheiro. Aquilo tornava a coisa perigosa, o que só aumentava o nosso desejo.

Ajoelhando-me no banheiro apertado, eu massageei o pau do marujo até ele se esticar e inchar dentro da camisinha. Eu então passei a minha língua por sobre o seu prepúcio e o puxei para trás. Que bela peça de carne! Aquele era um lindo salsichão, que eu tratei de chupar e enfiar pela garganta – apesar de não gostar do sabor da camisinha.

Danny me encorajou puxando o meu cabelo. Ele segurou a minha cabeça enquanto bombeava o seu pau pela minha goela abaixo. Seu cacete era do tamanho exato para um boquete e estava ficando cada vez mais duro. Ao apertar as suas nádegas redondas e musculosas, descobri que elas eram lisas como a seda. Então avancei para a sua fenda quente e aticei o seu cu com um dedo.

– Enfie o dedo no meu cu – ele gemeu.

Eu o comi com o dedo enquanto o chupava. Ele empurrava a sua jeba emborrachada para dentro de sua nova casa. Ela estava tão dura que eu pensei que fosse arrebentar a camisinha. Pouco antes de esporrar, porém, ele tirou o caralho da minha boca e mandou ver uma grande dose de porra cremosa que encheu a ponta ao redor da cabecinha.

Fiquei olhando a camisinha cheia de porra leitosa pendendo em torno do seu pau enquanto sentia o seu cu se contrair em espasmos em torno do meu dedo.

De repente Danny me fez ficar de pé, abriu a minha calça, deixando-a cair a meus pés. Ele então baixou a minha cueca e se sentou na privada.

Meu pau estava inchado dentro da camisinha que Danny havia colocado. Como uma fantasia erótica transformada em realidade, ele começou a me chupar. Fiquei surpreso ao notar que podia sentir o calor e a umidade de sua boca apesar de estar usando camisinha e por perceber como a minha vara estava sensível.

Ele parou de chupar a minha pica, tomou as minhas bolas em suas mãos e bradou algumas ordens:

— Masturbe-se. Quero vê-lo fazer isso. Isso me deixa muito excitado.

Apesar da camisinha correndo para cima e para baixo do meu tarugo, toquei uma punheta na cara do marujo.

— Toca uma bronha. Toca uma bronha para eu ver.

Enquanto eu me masturbava, Danny começava a chupar as minhas bolas. Meu Deus, como aquilo era bom. Ele chupava uma bola e depois a outra. Apesar de ter tentado não conseguiu colocar as duas na boca de uma vez só. Ao invés disso, começou a lamber a parte interna das minhas coxas.

— Oh, gatinho, eu estou quase.

— Vá em frente. Esporre.

Eu tensionei as minhas coxas e grunhi.

Danny saltou como uma serpente numa caixinha de surpresas e arrancou a camisinha do meu pau flamejante que detonou como um aparato de pirotecnia, respingando porra sobre o seu peito, barriga e ventre. O marujo louro então esfregou o meu sêmen na sua pele tenra e na sua floresta de pêlos louros.

O meu caralho ainda estava duro. Eu tinha consciência de cada vibração do ônibus que seguia pela estrada. Achei que era melhor me vestir e voltar para o meu lugar. Eu já tinha material suficiente para inúmeras bronhas pensando naquele deus louro maravilhoso num banheiro de ônibus.

Danny sorriu e os seus dentes brancos brilharam: seus lábios eram vermelhos e deliciosos. Ele então tirou a terceira camisinha da caixa e a abriu com os dentes.

Fiquei me perguntando se ele ia tocar uma punheta ou se queria que eu o chupasse novamente. A idéia de ele bater uma bronha, tirar a camisinha e esporrar sobre o seu torso, misturando a sua porra aos resíduos da minha em sua carne, me agradou muito.

Ao invés disso, porém, ele voltou a cobrir a minha piroca.

Danny se virou e, olhando para mim por cima do ombro, disse:

– Quero que você me coma, cara.

A maior parte das minhas transas com marujos em tempos idos tinha se resumido a boquetes. Mas esse cara era diferente, de uma outra estirpe, um jovem com necessidades que não podiam ser negligenciadas.

O meu pau velho de guerra vibrou. A idéia de comer a bunda do marujo me deixou doidinho.

Danny cuspiu na palma da sua mão e esfregou a saliva na sua fenda.

– Vamos, coma esta bunda de marujo. Você sabe que está a fim disso.

E como ele tinha razão. Nada contra chupar e ser chupado, mas eu gostava dos finalmente: meter o meu trabuco num buraco.

Ele separou as nádegas como já deveria ter provavelmente feito outras vezes. Não estou falando de exames médicos para hemorróidas, estou falando de dar o cu. Talvez Danny também deixasse cair o sabonete no chuveiro!

Ele estava lá para eu comê-lo e eu estava morrendo de tesão, pronto para traçá-lo. Meu pinto coberto pela camisinha deslizava pelo seu buraco quente. Eu me detive por um momento.

– Oh, o seu pau é tão grande. Tão duro.

– Ele vai te comer bem gostosinho, marujo.

Parei de falar e comecei a encher o cu do jovem marujo de carne. Ele ficou louco sentindo a minha jeba dentro dele. Ele gemia e rebolava, jogando os quadris para trás, fazendo com que cada centímetro entrasse ainda mais fundo nele.

– Me coma. Coma a minha bunda.

– Como você quiser, gatinho.

Eu bombeei o buraco quente que agarrava a minha rola a cada metida. Fiquei olhando a minha pica emborrachada deslizar para dentro e para fora, lenta e profundamente.

– Continue a me comer. Eu adoro isso. Quero sentir o seu caralho explodir na minha bunda.

Agarrei a sua cintura enquanto metia no seu rabo e minhas bolas batiam contra as suas nádegas. Ele grunhia. Desci minha mão até lá embaixo e percebi que ele estava tocando uma punheta.

– Agora. Goze comigo. Puta que pariu!

Enfiado fundo nas entranhas do marujo, o meu pau espirrou a sua carga na camisinha. Ele esporrou sobre toda a privada, enquanto sua bunda se contraía ao redor do meu cacete, drenando cada gota das minhas bolas.

O marujo depois se desencaixou do meu mastro e se virou. Sua mão estava coberta da porra que ele tinha espalhado por toda a sua moita cerrada, fazendo-a brilhar. Quando ele tirou a camisinha do meu pinto, ela estava cheia de porra – até mais do que da primeira vez.

Fiquei olhando fascinado enquanto o marujo virava a camisinha de cabeça para baixo deixando que o seu conteúdo leitoso pingasse sobre o seu torso. Ele esfregou o meu fluido sobre o seu corpo liso, regando-o.

Estendi a mão, apertei os seus mamilos cobertos de porra e ele engasgou. Tomou-me em seus braços e me beijou. Nossas bocas estavam com gosto do látex que havia coberto os paus que tínhamos chupado um do outro, mas aquele era um beijo terno de afeto.

Arrumei a minha roupa, destranquei a porta e a escancarei. A barra estava limpa. O ônibus começou a desacelerar.

Para minha surpresa, já estávamos no centro de Sacramento. Já dava para ver a prefeitura, com suas abóbadas douradas. O ônibus virou na L Street e parou na estação da Seventh Street.

Danny saiu do banheiro com o seu uniforme intacto, o chapéu branco sobre a cabeça. Desceu do ônibus atrás de mim, roçando a sua ferramenta na minha perna.

Eu não estava nem aí para visitar o meu irmão. Eu tinha encontrado e amado um lindo marujo louro e não queria que tudo acabasse na estação de ônibus, mas algo me dizia que a coisa ia terminar por aqui. Eu estava impressionado por termos podido usar o banheiro aquele tempo todo sem termos sido interrompidos. Se alguém bateu na porta, eu com certeza não ouvi.

Eu queria dizer alguma coisa para Danny, convidá-lo para vir comigo, para que continuássemos a farra. Mas havia uma adolescente esperando por ele e um garoto de uns dois anos que era a sua cara e que correu para os seus braços gritando:

– Papai! Papai!

Hospital militar
William Cozad

Aconteceu num piscar de olhos. Eu dirigia o meu carro pela estrada do Forte Ord, a base do Exército onde eu estava alojado. Estava impressionado pela potência e velocidade do meu veículo, sentindo-me um verdadeiro general. Um carro me cortou. Eu forcei os freios e o meu Ford Galaxie verde girou fora do meu controle. A próxima coisa de que me lembro é de colidir contra uma árvore que não saiu do caminho.

O metal amassou e o vidro estilhaçou-se. Achei que o meu show tinha chegado ao fim. Senti o gosto quente de sangue na boca. Alguém me tirou das ferragens com medo de que o carro explodisse.

Eu estava em estado de choque, mas tinha consciência de que uma ambulância estava me levando para o hospital da base. Eles perceberam que eu era soldado por causa do meu uniforme cáqui. Fui levado para a sala de emergência numa maca. Um médico checou meus batimentos cardíacos. Um enfermeiro cortou o meu uniforme ensangüentado.

Ele me deu alguma coisa para a dor. Eu flutuei, perguntando-me se estava deixando a terra. Não vi nenhuma luz brilhante. Não me senti fora do meu corpo. Apenas dormi.

Ao acordar, fiquei estranhamente consciente de onde estava. Vieram me examinar.

– Sou médico – disse o homem careca. – Você sofreu um acidente de automóvel. Jovem de sorte, você. Sofreu apenas alguns cortes e arranhões. Contudo, vou mantê-lo no hospital por mais alguns dias para testes e raios x. Assim nos certificaremos de que tudo está bem.

— Obrigado, doutor. Mas eu estou bem.

Tentei me levantar mas estava todo dolorido. Senti-me como naquela vez em que brigara num bar. Eu estava mal das pernas, mas sabia que ficaria bem.

A comida do hospital era horrível, como se viesse do mesmo refeitório onde eu costumava comer. Abundante, mas insípida.

Eu tinha permissão para passear pela minha ala do hospital. Eu podia ver TV ou jogar cartas e damas. Dois soldados rasos do escritório de administração onde eu trabalhava como escriturário vieram me ver. Eles brincaram comigo dizendo que eu era capaz de fazer qualquer coisa para não trabalhar. Até o coronel deu um pulinho lá. Ele costumava ser mal humorado, mas me surpreendeu pelo seu jeito caloroso e sua preocupação comigo.

Eles fizeram os testes. Eu tinha um corte profundo na testa, um olho roxo e hematomas na perna direita. Como havia dito, eu estava bem. Comi muito, vi programas de televisão e perambulei pelo hospital. Eu ainda estava vivo, o que significava que estava cheio de tesão.

Um enfermeiro me passou uma cantada, mas ele era muito afetado, bem diferente do meu tipo. Eu ainda era um veado enrustido, o único modo seguro de agir no Exército.

Durante o segundo grau, eu sempre tinha gostado dos meninos. Eu não tinha interesse nem dinheiro para freqüentar uma faculdade. Um dia, meu melhor amigo, Cory, teve a grande idéia: nós nos alistaríamos no Exército e daríamos o fora de Sunnyvale, a pequena cidade onde havíamos crescido. Sempre ia na dele, não importava o que ele dissesse. Estava apaixonado por ele, mas nunca lhe disse isso. O recrutador nos prometeu que faríamos o treinamento juntos. Ele já estava em boa forma. Eu tive que dar duro, mas consegui me entrosar no Exército. Cory seguiu para uma escola técnica. Ele era esperto, além de bonito e gostosão. Perdi o contato com ele depois de termos ido juntos para casa durante uma folga. Nós farreávamos muito quando não estávamos de serviço, e eu até cheguei a dar um trato no seu grande pau. Ele fingiu que não se lembrava de nada do que havia acontecido porque estava bêbado. Aquela experiência me fez perceber que eu sempre tinha amado Cory, mas que haveria outros homens na minha vida.

Houve muitos homens. Na maioria, soldados solitários e cheios de tesão. Na maioria, casos de uma noite só. Eu era cuidadoso, mas estava muito longe de ser um monge. Na verdade, tinha sido por isso que eu havia comprado o carro, para paquerar. Um monte de pracinhas pedindo carona. Um monte de caralhos. Todos nós usávamos o mesmo uniforme, portanto tudo estava bem, a menos que topássemos com um psicótico ou um fanático religioso pela frente.

Havia um jovem soldado na minha ala que tinha sido operado de apendicite. Ele não era bonito, mas charmoso como muitos adolescentes. Seu nome era David. Ele era meio desengonçado, com cabelo e olhos castanhos. Trabalhava na oficina. Dava para ver pelas suas mãos calejadas e a graxa sob as unhas quebradas. Mas havia uma bela promessa dentro daqueles pijamas frouxos verdes de hospital, desimpedido de cuecas.

Tive que agir rápido com David porque ele estava para ter alta do hospital. Talvez eu não tenha mencionado, mas um de meus melhores colegas do escritório tinha me trazido um baseado quando viera me visitar.

David aceitou logo o convite de fumar o baseado, sem consciência dos meus planos de tragar o seu pinto. Fomos para um banheiro de funcionários numa seção isolada do andar principal. Havia uma tranca na porta.

Eu acendi e dei um tapa no baseado, passando-o para David. Ele ria muito.

– Você tem um corpo forte – elogiei.

– Faço muito exercício.

Eu apalpei os seus braços e ele flexionou os bíceps para mim. De seus braços, segui para as suas pernas. Coxas fortes. David tirou a parte de cima de seu pijama. Não havia um fio de cabelo sequer no seu peito. Ele deixou as calças caírem no chão. Senti as suas coxas fortes e lisas. Ele tinha um cacete grosso, não circuncidado. A cabecinha pulou para fora assim que ele ficou um pouco duro.

Eu me ajoelhei no chão do banheiro, agarrei a sua rola e estiquei a minha língua.

– Ei cara, eu não faço este tipo de coisa.

Eu sabia que ele estava doidão por causa da erva. Eu mesmo estava viajando.

– Relaxe.

– Só veados chupam paus.

– Mas o seu caralho está duro.

David massageou o seu bem na minha frente.

— É, está. Você quer que eu coma a sua bunda?

Aquilo me surpreendeu. A cicatriz da retirada do apêndice ainda estava rosada e alta, apesar de os pontos já terem sido removidos.

— Sim, eu quero que você me foda, David.

Eu tirei os meus pijamas de hospital, abracei a privada e o jovem soldado meteu o seu pinto na minha bunda a seco. Sua vara havia ficado completamente molhada depois de eu ter dito que queria que ele me comesse, o que ajudou a lubrificar o meu buraco, que já se contraía.

David mandou ver em mim. Ele suava e grunhia. Olhei para ele por sobre o meu ombro. Ele estava olhando a sua pica deslizar para dentro e para fora de mim.

— Me coma, soldado. Oh, sim, você tem um pau tão grande. Um mastro grande e duro que gosta de comer um cuzinho.

— Cale a boca, seu veado, filho da puta. Eu não consigo me concentrar com toda essa baboseira.

Eu mordi a minha língua. Não tanto para ficar quieto, mas como reação às metidas cada vez mais fundas. As suas bolas batiam na minha bunda.

— Isso, toma, sua piranha. Eu vou gozar. Vou melar a sua bunda de veadinho. Puta que pariu! Aaahhhh!

Um dos paus mais quentes e duros que já vararam a minha bunda de pracinha explodiu como uma granada. Jatos de porra bateram na minha bunda. Ele gozava e gozava, inundando o meu buraco, enquanto a porra jorrava. Ouvi um estampido como o de uma tampa sendo tirada da banheira quando ele finalmente tirou a sua pica de dentro de mim. O meu próprio pau estava duro como uma rocha.

— Apresse-se. Alguém pode nos pegar — ele disse.

David assumiu a posição em que eu tinha ficado na privada. Aquilo me pegou desprevenido. Ele tinha bastante espírito esportivo. Talvez ele já tivesse feito isso antes, eu não sei. Estava me presenteando com aquele traseiro liso e eu não ia olhar os dentes de um cavalo dado. Afastando as suas nádegas, eu dei uma olhada para a fenda sem pêlos e para o cuzinho que piscava para mim.

— Vamos lá, apresse-se. Vamos terminar logo com isso.

Eu lambi a sua fenda, passando a língua no seu buraco.

— Vamos. Me coma.

Meti o meu cacete ávido na bunda quente do soldado. Eu bombeei bem. Ele não gritou nem um pouco, só gemeu. Não só gemeu como mexeu a bunda.

Eu queria que aquilo durasse para sempre. Era tão bom. O seu buraco agarrou o meu pinto como um torno. Foi como uma explosão dentro de uma fornalha. Eu melei a sua bunda com a minha tora, que explodiu fundo dentro dele. Seus músculos se contraíram ao redor da minha pica e secaram as minhas bolas até a última gota. Saí de dentro dele como um molusco molhado.

— Vamos dar o fora daqui antes que alguém nos pegue — ele disse.

David teve alta. Sua cama ficou vazia aquela noite. Tive um sonho erótico com ele. O lençol ficou manchado de porra onde eu o havia comido em meus sonhos.

No dia seguinte eu me senti sozinho sem David por perto. Ele não tinha nem dito adeus. Talvez ele não tivesse tido tempo, ou não tivesse conseguido me encontrar.

Na minha ala do hospital havia um sargento que tinha tido uma ataque cardíaco.

— O Exército está me matando. Eu tenho que pular fora — ele disse.

Eu perdi a fala quando o vi com o garoto de cabelos louros na sala de TV. Ele me apresentou o seu filho Skeeper.

Skip era um universitário que não parecia nem perto dos seus dezoito anos.

Enquanto o sargento conversava com o irmão que o tinha vindo visitar, eu mostrei o hospital para Skip.

— Aposto que você tem um monte de namoradas na faculdade — eu disse.

— E as mocinhas lá da Força Aérea? Já traçou muitas?

— Uh, a maioria delas é mais masculina que os rapazes! Você deu uma olhada naquela enfermeira da nossa ala? Ela parece uma assombração.

Skip riu.

— Por que você se alistou? Por que está no hospital? Você está na divisão de meu pai?

Ele tinha uma mente inquiridora, mas eu respondi a todas as

suas perguntas, apesar de ter apenas uma para ele: "Qual é o tamanho do seu pau?"

— Você bebe? — ele perguntou.

— Claro.

— Eu tenho umas garrafinhas de bebida. Meu tio trouxe algumas escondidas para o papai. Há algum lugar onde possamos ir?

Eu levei o filho do sargento até o banheiro do primeiro andar. Nós bebericamos o uísque e bebemos água da pia em seguida para ajudar a mandá-lo para baixo. Alguém nos interrompeu mexendo na maçaneta, mas logo foi embora.

— O que foi que você aprendeu na faculdade?

— A chupar um cacete. Quer um boquete, soldado? Sou bom nisso.

Eu não esperava aquilo. Pensei que ele achava que eu era hetero.

— Embriague-me e quem sabe eu deixe você fazer o que quer.

Skip me agarrou e baixou as calças do meu pijama. Sentou-se na privada enquanto tocava uma punheta para mim.

— Você tem um pau grande, soldado.

— Fica maior quando está duro — eu disse, orgulhoso.

Eu queria encher a bunda esperta daquele universitário louro com o meu caralho. Ele conseguiu enfiar a minha rola em sua garganta sem maiores problemas.

— Chupe este pau. Deixe ele lustrando.

Skip abriu a braguilha da sua Levis sem perder o ritmo com meu pinto e tocou uma punheta no seu próprio e exuberante cacete enquanto me chupava.

Fiquei muito excitado de vê-lo tocar uma bronha enquanto engolia a minha vara. Agarrei sua cabeça com força e fodi a sua boca pequena e apertada rudemente.

— Ai, meu Deus! Caralho. Eu vou gozar.

Eu esporrei na sua boca. Ele engasgou com toda aquela quantidade de sêmen. Meu pau deslizou para fora respingando porra na sua cara.

— Gosto disso. Sou louco por porra. A sua é tão gostosa, tão doce — ele disse.

Skip acelerou a bronha. Acho que eu o surpreendi, assim como o soldado que me deixou comê-lo fez comigo, quando empurrei a sua mão, tirando-a do seu pau, e o meti bem fundo na minha

Hospital militar

boca. Depois de algumas poucas chupadinhas no seu mastro duro como aço, ele jorrou sua porra agridoce na minha boca.

Skip ainda estava lambendo os beiços. Eu segurei a sua cabeça e lambi o seu rosto, sentindo a mistura da minha porra com a sua na boca. Bebemos um pouco mais de uísque. Dei uma olhada para fora da porta para ver se a barra estava limpa, saímos do banheiro dos funcionários e voltamos para a nossa ala.

O seu pai sargento estava meio alegrinho. Acho que ele tinha amarrado um porre. Depois que seu irmão e seu filho foram embora ele se apoiou na parede e teve que esperar até que um assistente de enfermeiro o ajudasse a ir até a sua cama para dormir.

O doutor Wigg, que me fez um check-up final antes de eu ter alta e voltar ao serviço, era o médico mais jovem que eu já havia visto. Ele devia ter uns trinta anos, para ter concluído a faculdade de medicina, eu calculava. Não só jovem como lindo, feito um astro de cinema, com cabelos negros ondulados e olhos azuis misteriosos.

Ele checou meus batimentos cardíacos, que estavam acelerados por causa da sua presença. Apalpou-me como se eu fosse um melão no mercado.

– Os resultados dos testes são negativos. Nenhum osso quebrado.

– Eu poderia ter dito isso ao senhor e poupado o dinheiro do Exército.

– Tínhamos que ter certeza. Chega de gazeta, soldado. De volta ao serviço.

– Você não é novo demais para ser um médico?

– Tenho idade suficiente.

Suas mãos no meu corpo me provocaram uma reação que não lhe passou despercebida. Minha pica tinha ficado dura.

– Voltou à ativa só para você.

Ele sorriu e piscou.

Eu não queria deixar a sala de exame tão rápido.

– Eu estou com uma verruga ou algo parecido no meu pau. Dê uma olhada nele para mim.

Tirei o meu instrumento para fora descontraidamente.

Ele tocou a pequena borbulha na pele.

– É só uma irritação na pele. Use algum creme quando se masturbar.

– Você não vai agarrar as minhas bolas nem me mandar tossir?

147

— Não há nada de errado com você, soldado. Achei que ele estava ficando excitado. Aquilo no seu ventre já era um protuberância considerável. Corre por aí que todos os enfermeiros e médicos são veados porque lidam com corpos o tempo todo.
— Você se esqueceu de olhar um lugar quando me examinou.
— Oh?

Eu me virei e abri as nádegas.
— Esqueceu de examinar a minha bunda.
— Bem, soldado. Sua bunda parece em ordem. Exceto pelas pregas, parece que você andou enfiando alguma coisa aí.
— Às vezes coça.
— Não são hemorróidas.

Quando eu me virei, encontrei o jovem médico já com o pau para fora. Era curto e troncudo, mas comível.

Como uma piranha, eu me ajoelhei, tomei a ferramenta do doutor nas mãos e o chupei. Ele fervia de excitação quando comecei apertar os meus lábios ao redor da sua cabecinha.
— Isso, chupe, soldado.

Deixei toda a masculinidade do jovem doutor completamente ensopada. Eu toquei uma punheta no meu cacete duro enquanto chupava a sua coroa bulbosa.
— Caralho. Isso. Eu vou gozar.

A porra agridoce do médico encheu minha boca. Ela tinha um sabor amargo, talvez porque usasse algum tipo de droga ou esterilizasse o pau com aquele sabonete anti-séptico que eles usam nas mãos, sei lá.

Eu me levantei e toquei uma punheta. Ele parecia hipnotizado pela minha pica. Fiquei incrédulo quando o vi tirar o seu jaleco branco. Ele baixou as calças e se curvou sobre a mesa de exame. Deu-me um creme que tirou de uma gaveta para lubrificar a sua bunda e o meu pau.

Eu ajeitei a minha rola nos fundos do doutor. Ele ficou louco ao senti-la dentro dele. Ele rebolava e jogava os quadris para trás, roçando os meus pentelhos.
— Coma a minha bunda, soldado, coma.

Eu bombeei o seu buraco peludo. Fiquei surpreso por ninguém entrar para ver o que estava acontecendo, apesar dos berros e do barulho que o doutor fazia enquanto se remexia.

Hospital militar

— Goze na minha bunda. Eu preciso tanto. Me faça feliz.

Enfiei o meu cacete grande na bunda do doutor, explodindo em porra escaldante no fundo de suas entranhas. Ele desencaixou do meu pau e então o lambeu até deixá-lo limpinho.

— Oh, eu precisava disso.

— Uma mão lava a outra, não é mesmo?

— Não banque o sabido, soldado.

Ele arrumou as suas calças e o jaleco. Fez algumas anotações no meu prontuário e me disse para levá-lo até a mesa da frente.

Deixei o hospital com alguns ferimentos menores. Descobri que eu era feito apenas de carne e osso. Decidi ser mais cuidadoso no futuro. Eu tinha percebido que era saudável. Havia vários garanhões que queriam a mesma coisa que eu: sexo másculo e obsceno. E eu lhes daria isso sempre que pudesse, com segurança, discretamente. Cara, eu podia até fazer uma carreira fora do Exército!

Marujo de primeira viagem
Rick Jackson

O pequeno apartamento de um quarto na Chula Vista que eu dividia com o meu parceiro tornou-se frio, cavernoso e solitário como uma paisagem lunar depois que ele embarcou numa missão de seis meses. Eu me peguei passando mais tempo a bordo do meu próprio navio, torcendo para que o trabalho me mantivesse são até ele voltar, sem no entanto acreditar realmente nisso. Eu sabia que ia sentir falta de comer a bunda apertada de Darren, o que me surpreendeu foi o quanto eu senti a falta do desgraçado por perto. Comecei a me preocupar, pensando que talvez eu estivesse amadurecendo. Mesmo quando estava de folga, eu escapava do apartamento triste e passava o máximo de tempo possível na piscina, tentando distrair a solidão desesperada que agora pendia sobre a minha vida com melancolia. Ainda faltavam cento e sessenta e dois dias para terminar a missão de Darren na tarde em que notei Jeff pela primeira vez.

Era óbvio que era apenas mais um recruta, mas era impossível caçar em Chula Vista sem esbarrar num recruta. Ele tinha por volta de um ano a menos do que os meus vinte e três e era de uma constituição consideravelmente menor, mas era bem gostosinho. Olhei para ele do outro lado da piscina, avaliando-o como a um belo garanhão numa mostra, mas não fiz nenhum movimento para abordá-lo. Ponderei por um momento até dar uma olhada nas suas mãos. Jeff era bonito, eu estava com tesão suficiente para traçar um cuzinho, pior de tudo, aqueles cento e sessenta e dois dias pareciam se estender infinitamente. Talvez eu já estivesse com Darren fazia tanto tempo que tivesse perdido o traquejo para paquerar outros rapazes bonitos. Não, nem eu mesmo acreditava nisso. Lá no fundo eu sabia que não ia me segurar até Darren voltar. Ele provavelmente já estava traçando um jovem marujo a cada noite e se enganando, tentando se convencer de que era capaz de viver sem os meus grossos vinte e três centímetros em sua bunda.

Encontrei Jeff mais algumas vezes nas semanas seguintes e gostei ainda mais do que vi. Ele tinha mais ou menos um metro e setenta e oito, mas era mais compacto que delicado. Ele lembrava uma pantera quando se movia, os músculos retesados e prontos para atacar. Como muitos recrutas, usava um bigode para fazê-lo parecer mais velho e sofisticado. Isso não acrescia nada ao seu pinto, mas acho que a sua óbvia inocência foi a primeira coisa que me atraiu nele: o seu ar ingênuo e expansivo de rapaz do campo. Só o jeito de ele se sentar na piscina já me fazia olhar para ele. Tinha um sorriso cheio de dentes para todo mundo e um brilho em seus olhos azuis que prometia disponibilidade. Se eu tivesse que definir os seus dois atrativos físicos de minha predileção, eles seriam o seu narizinho lindo de esquilo e a bunda firme e bem feita, que fazia o meu pau vibrar a cada movimento. O que broxava era a sua aliança. Era isso que me impedia de me aproximar e sugerir um pulo ao meu apartamento para uma *siesta* à tarde. Pelo menos era assim que Darren sempre as chamava – *siestas*. Eu as chamava de sessões de começão violenta, com direito a grunhidos e tudo o mais.

A aliança, contudo, não evitou que eu fosse gentil quando Jeff chegou na piscina no dia D menos cento e cinquenta e três e sentou-se na espreguiçadeira ao meu lado. Ele começou a bater papo comigo do jeito que dois recrutas fazem quando não se conhecem. Nossas experiências compartilhadas nos permitem pular as formalidades tipicamente defensivas usadas com estranhos e propiciam uma maior abertura para com um outro recruta do que para com um primo que não se vê há anos. Nós conversamos sobre os nossos navios e sobre o tempo, sobre os pais e uma dúzia de outras coisas. Ele falou de passagem a respeito de sua mulher, comentando que não a veria até o Dia de Ação de Graças, e nós ainda estávamos em agosto. Como todos já sabiam a respeito de Darren, eu contei a ele qual era o navio em que o meu parceiro estava e comentei que a operação já parecia durar uma eternidade.

Jeff ficou em silêncio por algum tempo e então perguntou:

— Bichas, uh?

Não havia censura nem elogio em seu comentário — ele só tinha usado o termo que nós recrutas usamos, do mesmo modo como a maioria diria "protestante" ou "negro". Eu fiz um som gutural afirmativo, sabendo que ele tinha querido ser ofensivo e nem me sentindo mais ou menos "gay" por causa disso. Continuamos a conversar por mais algum tempo, mas eu fiquei com a sensação de que o clima tinha mudado. Ele parecia tão amigável e aberto como sempre, mas aparentava estar arquitetando alguma coisa. Com o passar das horas a tarde foi virando noite, enquanto nós alternávamos entre a conversa fiada e aquela letargia que se apodera das criaturas que se abandonam ao sol.

A certa altura Jeff se levantou e foi dar algumas braçadas. Eu o olhei com uma certa inveja da minha espreguiçadeira, enquanto seus músculos compactos se estendiam e o empurravam pela água com uma graça fácil e masculina que fazia a sua bunda subir e descer como um pistão. Quando retornou à proteção de sua toalha, secou o cabelo com a água ainda pingando de seu belo peito sem pêlos, reclinou-se na espreguiçadeira e ficou repentinamente sério. Ele gostava de mim. Ele estava com tesão. Eu estava sozinho. Ele estava sozinho. Ele gostava de garotas, ok, mas isso não queria dizer que ele não topava "cair na gandaia". Então, ele disse, ficando novamente de pé num salto, pronto para cair fora, se eu quisesse dar uma ligada um dia desses, nós poderíamos...

Antes de ele terminar a frase, eu estava de pé pegando a minha toalha. Tirei suas roupas já no meu apartamento antes mesmo do pau secar. Torci para que a sua mulherzinha soubesse apreciar o que tinha. Para um homem do seu tamanho, vinte centímetros eram impressionantes — quase tão impressionantes quanto a visão dele por inteiro na minha frente nu, indefeso e perfeito como um potro. Por um momento, eu não soube por onde começar. Seu cacete estava ereto, rente à barriga, e vibrava como o pedal de uma bateria. Suas bolas pendiam pesadas no saco mais tenro que eu tinha visto em anos. Seus mamilos estavam duros — e não era porque a sua nadada o tinha congelado até os ossos. Seu peito grande arfava em nervosa confusão e excitação sexual represada, esperando que eu fizesse o primeiro movimento.

Levei a minha mão até a sua nuca e o puxei na minha direção, deixando que a sua pele úmida e fria sentisse a minha paixão escaldante. Minhas mãos deslizaram pelas suas costas firmes, seguindo o vale de sua espinha até aquela bunda maravilhosa. Elas ficaram em concha ali, puxando-o para mais perto de mim, fazendo o seu pau colar na minha barriga, esfregando o seu ventre molhado contra mim. Seu corpo tremeu com avidez de encontro ao meu, talvez devido a um certo toque picante que há na sensação de depravação resultante do sexo que se acredita ser um tanto quanto pervertido. Ele não negava fogo. Suas mãos percorreram todo o meu corpo, deslizando pelos meus flancos, bunda, ombros, puxando-o de encontro a ele como se só pudéssemos encontrar a salvação juntos.

Eu não sabia ao certo que ritmo imprimir. Meus lábios começaram devagar e sensivelmente no seu pescoço, enquanto nossos quadris balançavam juntos. Eu afrouxei o abraço procurando o lóbulo de sua orelha e a zona tenra atrás dela, lambendo, mordiscando e chupando o seu suor de homem com gosto de cloro. Estiquei a mão até alcançar a sua pica e descobri que a água da piscina não era a única coisa que estava se espalhando nas minhas pernas e ventre. O putinho estava todo excitado. Havia um líquido doce e cristalino vazando de sua pica em quantidade suficiente para lubrificar todo o Exército czarista em Borodino. Seus lábios estavam em meus mamilos, chupando-os como um bezerro faminto, mas quando a minha mão se enroscou no seu pinto, ele suspirou, num outro tremor de frenesi – como se ele estivesse hipersensível e cada toque o excitasse ainda mais. Eu me segurei, sentindo a potência da sua jovem masculinidade, negligenciada havia tanto tempo, despontar e me envolver.

Usei o seu pau para empurrá-lo até a minha cama e jogá-lo de costas sobre ela. Camisinhas rapidamente cobriram os nossos cacetes. A cabeça do meu estava entre as suas coxas peludas quase antes que pudéssemos respirar. Os meus lábios deslizaram pela sua protuberância quente e ele vibrou como um álamo num ciclone. Montei sobre seu rosto e só me detive o tempo suficiente para me certificar de que ele estava mordiscando o meu caralho, antes de me abaixar e lhe aplicar um boquete enfurecido eu mesmo. Seus quadris se arquearam para receber a minha cara quando eu deslizei até o seu pau, e meus lábios prenderam o seu cacete com força enquanto a minha língua fazia piruetas, endemoniada.

Com o meu nariz enfiado no seu saco e o meu queixo enterrado nos seus cachos úmidos castanho avermelhados, a ponta de sua lança se debatia num combate desesperado com os músculos firmes e apertados que viviam no fundo da minha garganta. Seus quadris se ergueram instintivamente, arqueando a sua bunda enquanto eu enfiava o seu pau ainda mais fundo na minha goela. Eu agarrei aqueles dois preciosos montes de músculos vigorosos e másculos, prendendo a sua rola de recruta no devido lugar. Enquanto os meus lábios, garganta e dedos abusavam do seu corpo jovem de garanhão, eu o sentia progredindo entre as minhas pernas. Darren sempre dizia que eu era um insensível, capaz de costurar a cabeça de um cara no colchão com a minha agulha de vinte e três centímetros, portanto eu propositadamente mantive o meu ventre acima da cara de Jeff, fazendo-o estender a mão e implorar por carne. Ele não só já tinha dado uma lavada preliminar no meu pau como também estava chupando as minhas bolas como um esquilo persistente. Quando percebeu que elas não poderiam ser abocanhadas diretamente, recolocou o meu canhão em posição de disparo e enfiou a sua ponta de volta na boca. Eu sabia que ainda não ia gozar, portanto deixei que se divertisse enquanto eu acelerava o boquete ao máximo, dançando com a minha boca pela sua vara de cima para baixo. Nossas mãos tiveram a mesma idéia praticamente na mesma hora. Colocamos os nossos dedos na fenda apertada que conduzia ao cu um do outro. Acho que fui eu quem deu os primeiros passos, abrindo as suas nádegas e enfiando os meus dedos no buraco úmido, frio e cheio de cloro, onde eu sabia que encontraria bom divertimento. Ele não era nada tímido. Senti os seus dedos abrindo as minhas nádegas, raspando o suor do meu cu enrugado e manipulando a minha bunda até enfiar o seu dedo exatamente onde queria. Minha bunda quase comeu a sua mão. Eu estava passando a mão em seu rego quando a minha bunda pulou como um golfinho saltando em direção às nuvens. Um dedo deslizou para dentro do meu buraco e ficou lá, provocando-me suavemente, girando delicadamente, fazendo de lá sua morada – sua e de provavelmente um outro dedo mais grosso e carnudo.

    Dei um tempo na chupação, atropelando as regras da pegação. Darren e eu nos conhecíamos tão bem que um simples olhar ou toque bastava para que nos fizéssemos entender. Ele amava sentir o meu pau na sua bunda. Em ocasiões especiais eu o recebia na minha, mas normalmente ele descarregava o seu sêmen cremoso de marinheiro na minha garganta, e nós esvaziávamos a sua camisinha para lubrificar a minha antes de eu meter o meu pinto na sua bunda. Ele se excitava sentindo a sua própria porra na sua bunda e apesar de já estarmos juntos fazia um ano, eu não estava querendo me arriscar.

Já com o jovem Jeff a história era outra. Ele estava achando que ia comer a bicha aqui e cair fora antes de eu garantir o meu? Ele até era suficientemente bonito para eu não me importar com isso, contanto que eu gozasse – mas não agora. Como eu gostava do cara, precisava que ele entendesse que eu estava disposto a qualquer coisa, contanto que os dois machos se satisfizessem. Quando tive certeza de como me sentia a seu respeito, ele já estava com dois dedos dentro do meu cu empurrando e me alargando, enquanto a sua cara trabalhava na minha rola como uma máquina de sucção de 110 trabalhando a 220.

Eu amaciei o seu cu devagarinho – primeiro passando por cima do seu anel, depois parando para atormentá-lo com pequenos empurrões, até finalmente me manter no lugar para escavar e farrear. Meus dedos deslizaram pelo seu cu e entraram em contato com alguns músculos superapertados, mas que, no entanto, não ofereciam nenhuma resistência voluntária. Sua bunda se contraiu em torno dos meus dedos, rebolando delicadamente para insinuar o caminho até as suas entranhas ardentes. Cada vibração da sua bunda fazia tremer todo aquele corpo tão necessitado de prazer preso sob o meu. Nós chegamos a um empate – estávamos curtindo chupar o pau um do outro, mas sabíamos que queríamos descarregar as nossas porras em algum buraco mais apertadinho, escuro e exigente.

Como a cama era minha – e eu era a bicha assumida do pedaço –, Jeff talvez estivesse esperando que eu desse o primeiro passo. Tirei a cara da sua vara, tomei um merecido e necessário fôlego e perguntei se ele queria ir primeiro. Ele murmurou qualquer coisa que eu não consegui entender, por isso ergui os meus quadris, aliviando a pressão sobre sua cabeça. Ele disse para eu ir primeiro. Ele já tinha transado com alguns caras, mas nunca tinha sido comido e não sabia se agüentava um caralho tão grande como o meu. Era mais correto eu ir primeiro, para o caso de eu ser demais para ele.

Eu tinha encontrado um recruta com escrúpulos – e ainda por cima bajulador! Depois desse papo, eu teria deixado que ele me penetrasse sem nem mesmo um aperto de mão em troca, mas ele chupava bastante bem e eu sabia que não ia conseguir me segurar por muito tempo. Se ele me penetrasse primeiro eu ia esguichar toda a minha porra e acabar comendo a sua bunda com indiferença. Isso pode soar muito racional e é mesmo. Minha outra cabeça estava gritando em alto e bom som: deixe de punheta – coma logo o pedaço de mau caminho antes que ele mude de idéia. Eu tenho uma tendência a pensar demais, portanto dessa vez decidi ouvir a voz da minha consciência.

Depois de liberar a cabeça de Jeff, pude ver novamente como ele estava ávido e cheio de tesão. Pensei em chupar os seus mamilos ou deslizar a minha língua pela sua garganta. Seu belo nariz de esquilo estava vibrando de expectativa. Ele era tão jovem, tão fresco e maravilhoso que eu sabia que não conseguiria mais esperar. Sua bunda já estava arqueando para cima, portanto puxei as suas pernas em direção ao meu peito e estendi a mão para dar início à lubrificação. Eu espalhei lubrificante nele e em mim. Deslizar o meu pinto por entre aquelas duas belas nádegas me aqueceu de tal maneira que quase não precisei de mais nada para gozar. Quase.

Quando parei perto do seu buraco, eu me dei conta de que Jeff era o primeiro cara que eu comia que admitia ser virgem. Este era um momento do qual ele se lembraria para sempre, eu estava com uma espécie de imortalidade garantida. Sabendo como era difícil até para o próprio Darren me agüentar algumas vezes, eu me inclinei para mordiscar a orelha de Jeff e sussurrei:

– Se mudar de idéia, diga.

Vi sua língua alerta despontar como uma serpente por entre os seus lábios, mas os olhos sabiam o que queriam. Foi então que percebi que, além de estar precisando descarregar a própria porra em algum buraquinho apertado, ele também estava vivendo uma fantasia havia muito reprimida. Ele havia dito que já tinha comido alguns caras. Agora ele saberia como era ser comido – como era ter uma tora grossa e comprida de homem enfiada nas suas entranhas. Talvez ele até tivesse prestado atenção no meu cacete na piscina e tivesse me abordado por causa do seu tamanho. Se esse era o caso, eu tinha certeza de que ele se lembraria eternamente da minha lição como uma experiência bastante satisfatória.

Empurrei a cabeça do meu pinto suavemente para dentro do seu cu, escavando gentil, mas impiedosamente, suas entranhas. Mantive os olhos fixos no seu rosto e ainda posso ver claramente cada centelha e retração que os momentos seguintes produziram entre nós. Sua bunda se arqueou e pressionou o meu pau, implorando por aquilo que eu tinha para oferecer, exigindo que toda a minha pica abusasse dele. As mãos de Jeff deslizaram dos meus ombros e puxaram a parte delgada das minhas costas, me instigando. A simples pressão do meu cacete contra seu cu fazia-o gemer como uma puta mexicana. Eu pressionei com uma força ainda maior e logo estava pronto para meter tudo ao primeiro sinal de fraqueza.

Quando o sinal veio, eu o invadi com uma metida rápida e impiedosa de abalar as estruturas, fazendo com que o seu corpo fosse tomado por dor ou prazer – talvez ambos confusamente misturados um ao outro. Seus olhos se apertaram num misto de agonia e êxtase quando a sua bunda primeiro pulsou e se abriu incrédula e então se contraiu ao redor do meu pau como um sanguessuga. Eu ainda fiquei dentro dele até suas pernas relaxarem a pressão sobre os meus quadris, seus olhos se abrirem com um novo brilho de descoberta sobre a vida e o amor e sua bunda perceber que ainda havia mais por vir. Eu comecei a deslizar lentamente para dentro e para fora, batalhando o meu caminho para chegar cada vez mais fundo, tendo o cuidado de não forçá-lo demais. Os meus pentelhos ruivos entravam no seu cu, recebendo uma pequena contração em resposta. O meu pau atingiu a sua próstata, provocando tremores exasperados. Quando consegui enfiar todos os vinte e três centímetros, o meu instrumento já estava tão inchado de desejo e felicidade pela maneira com que Jeff estava me entregando a sua virgindade que eu quase gozei. Dei um tempo para brincar com o seu peito, deslizando as minhas unhas pela sua carne trêmula, apertando suavemente os seus mamilos e estendendo a minha mão para baixo para apertar o seu saco inchado e o seu pau.

Minha cobra tinha ido longe demais para ser detida. Ela queria foder com tudo e lá vinha um parceiro. Deslizei o meu equipamento devagar, aumentando a velocidade até chegar a uma rapidez que surpreendeu até a mim mesmo. Eu sabia que estava com tesão, mas nunca tinha me sentindo tão furioso, tão bestial e selvagem antes. A minha bunda se contraiu, mandando o meu cacete para baixo com mais força a cada empurrão, mais fundo e mais rápido. Eu rebolava, encontrando um novo território a cada metida frenética. Os "slam" e "slap" do encontro de carne e músculos, os meus gemidos de prazer e os grunhidos animais de Jeff se misturaram de tal forma que eu pensei que fosse desmaiar. Talvez isso realmente tenha acontecido; uma metida bem fundo na sua bunda se misturava a outra enquanto eu penetrava e pulverizava o buraco virgem e apertado de Jeff com todas as minhas frustrações represadas, a minha solidão e talvez até uma sensação ilógica de traição. A partida de Darren tinha me deixado mais só do que eu mesmo tinha me dado conta até aquele momento. Com o corpo jovem e firme de Jeff enroscado no meu pau duro e suas entranhas apertadas roçando cada terminal nervoso meu, misturando sensações e verdades com o frenesi da descoberta, eu percebi que conseguiria me ajeitar sem Darren. Eu era capaz.

De repente toda a minha maneira de encarar Jeff mudou. Eu não estava penetrando o seu buraco como um substituto do de Darren, eu estava metendo a minha rola naquelas entranhas quentes como um demônio em chamas porque eu queria. Eu gostava do próprio Jeff – como uma pessoa, não só como uma massa de músculos ao redor de um buraco apertadinho.

Eu já estava pensando demais novamente. Talvez até tenha entrado numa espécie de transe, pois me flagrei voltando para o presente num sobressalto. Cada impulso do meu corpo me dizia que vinha coisa grande por ali. Jeff estava berrando coisas profanas em meio a grunhidos, meus gemidos e murmúrios ecoavam contra as paredes. Então, de repente, tive que apertar forte os ombros de Jeff para não entregar os pontos. Meus quadris ficaram fora de controle, ondulando para a frente e para trás como uma máquina possuída de fúria assassina, enfiando cada um dos meus centímetros naquela carne apertada e ávida.

Eu com certeza saí do ar. Quando voltei a mim, a bunda de Jeff estava contraída ao redor do meu pau, tentando, irracionalmente, drenar mais porra ainda de mim. As minhas bolas tinham bombeado a carga de uma semana e entrado em greve. Consegui, sabe Deus como, parar de forçar o buraco de Jeff e desabei nos seus braços para um merecido descanso. Ele me segurou apertado por um tempo, tirando o cabelo da minha testa e falando num tom suave e amoroso, sobre como eu o tinha feito se sentir bem e como ele lamentava não ter feito aquilo antes. Assim que recuperei o meu fôlego, conscientizei-me de que deveria me virar e voltar à vaca fria. Eu sabia que, se podia com Darren dentro da minha bunda, não haveria problemas com Jeff. Eu não tinha me dado conta de como ele era sacana. Ele começou pianinho, mas, uma vez montado em mim quase fez a minha bunda em pedaços. Olhando para aquele corpo compacto, agitando-se para cima e para baixo, olhando o seu caralho invadindo o meu buraco, e especialmente vendo o sorriso insano de comedor que se espalhou pela sua cara bela e jovem de garanhão, eu soube que poderia mantê-lo ocupado até sua mulher aparecer.

Mais tarde, depois de termos tomado banho e ficado deitados nos braços um do outro, esperando armazenar uma outra carga de porra para recomeçar a sem-vergonhice mais uma vez, ele falou sobre a sua esposa – e o quanto ela gostava de uma farra. Eu era interessante mesmo sozinho, é claro, mas será que eu me importaria de dar um pulo por lá para comer o cu dele enquanto ele comia a mulher? Quem sabe depois que Darren voltasse, ele poderia se juntar a nós? Com todos esses paus e buracos, ele disse com um sorriso enquanto segurava a minha jeba em sua mão, as possibilidades seriam praticamente infinitas.

O ruivo
William Cozad

Durante as férias da faculdade eu fui para a cidade de Palm Springs para farrear, beber cerveja e, como os meus camaradas de dormitório, sair atrás de sexo.

Eu era um calouro, somente dezoito anos. E, para falar a verdade, não estava interessado em tirar as calcinhas das garotas como os outros caras. Eu gostava de garotas, mas elas não me excitavam como os atletas do campus, com seus rostos bonitos e fortes e corpos musculosos. É claro que eu mantinha os meus verdadeiros sentimentos em sigilo. Rodar pelo centro da cidade à procura de "gatinhas" e nadar na piscina de nosso hotel tornaram-se uma chatice depois de um certo tempo. Como eu tinha o meu próprio carro, um fusca cinza que meus pais tinham me dado de presente de formatura do colegial (e a razão pela qual, eu suspeitava, eu era sempre convidado), eu decidi ir à luta sozinho.

Num restaurante do centro da cidade, vi um jovem de uns vinte e dois anos sentado num balcão, vestindo um uniforme de fuzileiro naval. Ele era alto, tinha sardas e um cabelo vermelho cortado rente dos lados. Olhos verdes. Eu o achei o cara mais gostoso que já tinha visto, e olhe que eu tinha visto uns verdadeiros bistecões no campus.

Sentei-me perto dele. Ele olhou na minha direção e me pegou olhando para ele, avaliando-o. Eu senti o meu cacete se agitar dentro das minhas cuecas largas.

— Onde é a sua base? — eu perguntei.
— 29 Palms.

Eu tinha ouvido dizer que havia uma base militar perto da cidade, mas não tinha me dado conta de que era de fuzileiros. Pedi um queijo quente e chá gelado para a garçonete, sem sequer olhar para o cardápio. Eu não conseguiria mesmo me concentrar nele.

— Gosta dos fuzileiros?

Tentei manter o andamento da conversa até ele ter quase terminado seu café.

— Sim, eu gosto. Você é um desses universitários em férias, não é?

— Uh-huh.

— Eu ia ingressar na faculdade, mas me realistei depois de ter chegado a cabo.

— Muitos veados por lá, não é?

Ele sorriu. Seus dentes eram brilhantes e regulares, seus lábios de rubi, deliciosos.

— Bem, eu preciso ir — ele disse.

— Precisa de uma carona? Estou de carro.

— Há um ônibus até a base... Mas, sim, claro.

Ele provavelmente pensou que eu fosse louco. Olhou para o meu sanduíche intocado que acabei levando comigo depois de jogar algum dinheiro no balcão. Eu estava nervoso e excitado, surpreso por ele ter aceito a minha oferta. No carro, eu me apresentei. Ele me disse que o seu nome era Herbie.

— O que acha de nadar um pouco? Há uma piscina no hotel em que estamos.

A idéia surgiu de repente na minha cabeça.

— Eu não tenho uma sunga comigo.

— Não precisa. Quero dizer, eu tenho uma a mais.

— Por mim, tudo bem.

Os deuses estavam ao meu lado. Eu tinha desistido de um piquenique idiota a que os outros rapazes tinham ido. Isso queria dizer que tinha o quarto do hotel todinho só para mim. O hotel não era nada luxuoso, só uma fachada ostentatória, mas era relativamente barato e essa era a prioridade. Eu levei Herbie até o meu quarto. A piscina parecia bastante cheia e nós dois votamos contra o banho.

— Que tal uma ducha para dar uma refrescada, então? — eu disse.

No meu próprio jeito desengonçado, eu tinha decidido pegar o touro a unha. Eu nunca tinha sido tão audacioso com os outros caras do campus. Mas estava sozinho agora e plenamente consciente do meu pau. Tirei a minha roupa bem na frente de Herbie. Ele não tirou os olhos de mim. Para falar a verdade, o seu olhar passeou por todo o meu corpo.

– Belo corpo – ele disse.
– Por que você não tira o seu uniforme?
– Você não vai tomar banho primeiro?
– Há espaço suficiente para nós dois. Sabe como é, "economize água, tome banho com um amigo".

Ele sorriu e tirou o seu uniforme, até mesmo a corrente de prata com as placas de identificação. Eu já tinha visto os meus companheiros do dormitório nus, mas nenhum deles era tão bonito quanto Herbie. Ele era todo músculos. Realmente de tirar o fôlego. Quando ele tirou a cueca, eu vi a sua floresta vermelha em chamas, prova de que ele era um ruivo natural. Seu caralho era grosso e não circuncidado. Robusto, sua vara pendia entre as suas pernas sobre um par de bolas gordas.

No chuveiro, nós dois nos metemos sob o jato d'água. Eu peguei o sabonete e ensaboei as costas largas de Herbie. Quando ele ensaboou as minhas, eu fiquei de pau duro. Foi difícil de esconder.

– Você está com boa saúde – ele provocou.

Ele então agarrou o meu pau duro, o que me surpreendeu incrivelmente. Eu não esperava por isso. Quero dizer, eu tinha planejado o banho como um prelúdio para quem sabe fazer um boquete nele – algo que eu nunca tinha feito antes! Agora as coisas estavam indo bem mais rápido do que eu esperava.

Passou pela minha cabeça que os outros caras podiam voltar mais cedo para o hotel. Como é que eu ia explicar um fuzileiro pelado no quarto? Eu diria que ele era o meu primo ou alguma coisa parecida. Mas eles nunca acreditariam em mim. Eles iam ter certeza de que eu era bicha.

Enquanto nós nos enxaguávamos sob o jato d'água, Herbie me abraçou. O seu pau roçou na minha perna, já meio duro. Quando ele se inclinou e me beijou, eu fiquei atônito. A sua língua se enfiava dentro da minha boca e lambia os meus dentes. Eu achei que ia gozar.

Agarrei o seu pau e comecei a agitá-lo. Ele assumiu rapidamente o tamanho colossal de vinte e três centímetros, grosso mesmo. Aquilo era um sonho erótico, mas eu estava bem acordado, sem acreditar na minha sorte. Decidi que ia fazê-lo se esbaldar. Ajoelhando-me no chuveiro, eu pressionei a minha bochecha contra o seu pau.

– Espere um instante.

Herbie saiu em disparada do chuveiro. Toda a sorte de pensamentos loucos me passaram pela cabeça. O hotel estava nas mesmas condições dos Bates. Quem sabe ele era um psicótico e ia voltar com uma faca? Quem sabe ele ia me roubar? O meu cuzinho piscou.

Ele voltou usando uma camisinha.

– Ele precisava de uma capa de chuva – ele disse.

O seu pinto era lindo, mesmo coberto pelo látex. Por instinto, ou talvez lembrando das cenas de vídeos gays que eu tinha pego na locadora não muito longe do campus, eu passei a língua pelas bolas do fuzileiro.

– Isso, lamba esses culhões.

Eu os mordisquei e coloquei juntos na minha boca e então os rolei com a língua. Ele pareceu gostar.

Eu me levantei e admirei o seu peito bem desenvolvido. Eu estava louco para chupar os seus mamilos, mas não sabia se ele ia me deixar fazê-lo. Inclinei-me e levei os lábios até um daqueles botõezinhos carnudos. Ele não me deteve. Eu chupei um dos mamilos e então o outro, até eles ficarem duros como pedras.

Lenta, mas fortemente, ele me empurrou de volta à posição de joelhos no chuveiro. Eu lambi as gotas de umidade de sua floresta vermelha.

– Chupe. Chupe a minha rola.

Segurando o cabo, eu serpenteei a minha língua pela sua pica – uma técnica que eu tinha visto num filme pornô. Eu lambi a magistral coroa e passei a minha língua pela pele sob ela.

– Oh, isso. Você está indo muito bem, universitário.

– É a minha primeira vez. Eu nunca chupei um pau antes, eu juro.

– Mas aposto que você toca um monte de punhetas. Aposto que é por isso que todos os seus amigos intelectuais usam óculos. Tocam punheta até quase cegar.

Eu mexi no seu pau, impressionado pelo seu tamanho e a sua dureza de aço.

— Eu toco punheta toda manhã e toda noite. Às vezes eu me masturbo no banheiro entre as aulas, quando fico muito excitado.

— Eu era igualzinho quando entrei para os fuzileiros navais. Tinha mais ou menos a sua idade. Meu pau vivia eternamente duro. Mas agora eu tenho mais disciplina. Eu consigo me segurar. Há um monte de bichas rondando a base. Elas pegam os fuzileiros que pedem carona e fazem boquetes neles.

— Você vai com gays?

— Costumava ir muito, mas agora preciso tomar cuidado. Estou pensando em fazer carreira militar. Quero ser sargento. Além do mais, não gosto de casos rapidinhos de uma noite só. Quero um cara que goste de mim, não só do meu cacete. Estou procurando um cara para ser meu companheiro.

Eu não sabia bem ao certo sobre o que ele estava falando. Talvez ele estivesse à procura de um namorado. Eu tenho certeza de que isso não seria problema com aquela sua pinta.

— Você é um verdadeiro gatão. O seu cabelo ruivo me deixa louco.

— Eu sou irlandês.

Tive a sensação de que ele queria mais boquete e menos papo quando ele repentinamente empurrou o seu mastro gigante para dentro da minha boca. Tive a impressão de que ele era maior do que me havia parecido ao vê-lo. Eu engasguei. Vi estrelas. Eu podia ter morrido sufocado. As lágrimas corriam pelas minhas bochechas.

— Chorando sobre o meu pau? Gosto disso.

Eu agarrei o seu pau duro e o deixei brilhando com a minha saliva. Apesar da camisinha, eu sabia que ele estava sentindo cada lambida.

Aconteceu de repente e sem aviso. Herbie jogou sua cabeça para trás e grunhiu.

— Vou gozar. Vou jorrar a minha porra!

A próxima coisa de que me lembro é dele tirando a camisinha. Grandes glóbulos de porra cremosa de fuzileiro bateram no meu rosto.

— Você é incrível, garoto. Sabe dar prazer a um homem.

— E eu?

Eu me levantei e deixei o esguicho da água limpar a porra viscosa do fuzileiro da minha cara.

– E você?

– Você não vai me chupar?

– Eu não chupo pau, garoto.

Eu estava começando a ficar puto. O que eu pensei que seria a experiência mais bonita de toda a minha vida estava virando um fracasso. O fuzileiro era frio e insensível. Quis bater nele, mas eu sabia que era impossível. Ele poderia me matar com as mãos nuas.

– Você se deu bem – eu reclamei – e agora não se importa comigo.

– Claro que sim, eu só não gosto de chupar pau.

Ele agarrou o meu caralho que estava amolecendo e o masturbou até ele ficar duro novamente. Eu queria bem mais do que uma punheta, mas, merda, aquilo estava começando a ficar bom. Herbie pôs o seu braço forte em volta do meu ombro enquanto bombeava o meu mastro. Ele pressionou os seus lábios contra os meus e enfiou a sua língua praticamente na minha garganta. Isso fez os fogos do desejo inflamarem o meu pau. Ele bateu mais forte, mais rápido, até não haver mais volta.

Eu gemi quando o meu pinto entrou em erupção, esguichando uma enorme carga de porra na sua mão. Olhei para o excesso que escoava pelo ralo. Herbie me soltou e com a sua mão enorme espalhou a minha própria porra pelos meus lábios. Eu lambi, sentindo o seu sabor salgado.

– Isso é gostoso. É melhor nos secarmos agora.

– Ainda não acabei com você, universitário.

– O que está querendo dizer?

– Estou de olho nessa sua bundinha apertada e redonda desde o começo. Eu bem que gostaria de um pedaço dessa sua bocetinha de macho.

– Eu não dou a bunda. Ainda sou virgem. Vou guardá-la para o meu namorado um dia.

Era um blefe, mas eu ainda estava com raiva por Herbie não ter me chupado. Agora ele queria me comer. Me usar e depois jogar fora. Eu queria mais do que isso, queria um pouco de romance. Eu precisava sentir que o cara se importava comigo. Mas como ele poderia? Ele nem me conhecia.

— Isso vai fazer de você um homem. Como os fuzileiros fizeram comigo. Além do mais, é assim que nós fuzileiros somos conhecidos. Os marujos chupam os paus e os fuzileiros navais comem as bundas.

Eu estava um pouco confuso. Eu sonhava em ser comido mas por alguém que me amasse, não por um estranho num quarto de hotel barato. Se eu ia dar a minha bunda virgem para alguém, por que não para um cara que me deixava realmente cheio de tesão? Herbie era maior que qualquer atleta que eu tinha visto no dormitório. Ele era um tipo inteiramente diferente, uma verdadeira fantasia erótica.

— Você tem que ser gentil comigo — eu barganhei. — Sou virgem mesmo.

— Não precisa se preocupar, universitário. Vou lhe dar o meu tratamento especial. Tenho uma surpresa para você.

Seu tom era impertinente, mas uma olhada em seus olhos verdes me convenceu.

— Eu já volto — ele disse, indo para o quarto para pegar mais uma camisinha, eu imaginei.

Eu continuei a me secar. O meu cu se contraiu. Ia acontecer mesmo. Eu ia finalmente ser comido. E não por algum magricela qualquer, mas por um fuzileiro naval muito macho.

Logo Herbie voltou com algumas camisinhas na mão. Ele rasgou a lâmina delgada de metal de um dos invólucros com os dentes e me estendeu a camisinha.

— Ponha no meu caralho — ordenou.

Com prazer, eu coloquei o círculo de borracha sobre a cabecinha inchada que já estava toda molhada de excitação. Com dedos trêmulos, desenrolei o látex pelo pau cheio de veias.

— Curve-se, universitário. Você está prestes a virar um homem.

Eu abracei a privada e olhei para trás sobre o meu ombro. Herbbie chupou o seu dedo médio e então começou a amaciar meu cu.

— Isso dói. Eu não agüento, cara. Eu nunca vou conseguir acomodar esse pau enorme na minha bunda.

— Claro que vai, você só precisa de um pouco de lubrificação.

Com uma mão, o fuzileiro remexeu na prateleira de medicamentos e encontrou um creme para cabelo.

— Ah, isso vai servir.

Ele espalhou o gel no meu rego e colocou uma camada grossa na cabeça do seu pau. Lenta, mas firmemente, ele encaixou o seu pau emborrachado no meu cu. Foi doloroso no começo, mas ele demorou o tempo que foi preciso e foi gentil comigo. Quando ele entrou, eu respirei fundo e nós esperamos um minuto. Então eu o deixei perceber que estava pronto para que invadisse a minha bunda.

Ele puxou seu caralho para trás e depois o enfiou inteiro na minha bunda e começou a me comer.

Foi a sensação mais deliciosa que já tive. A idéia de um pau quente no meu cu me excitava. Aquela carne de fuzileiro me fazia delirar.

— Me coma. Coma a minha bunda.

Ele foi metendo o seu pau imenso até eu poder sentir os seus pentelhos ruivos arranhando as minhas nádegas, suas bolas grandes batendo nas minhas.

— Isso. Me coma fundo. Mais forte. Mais rápido.

Eu parecia uma puta implorando por um pau. Eu não podia acreditar. Meu cu estava em chamas e eu queria mais e mais daquela rola grande de fuzileiro.

— Cara, ele é tão grande. Sua tora está tão dura. Oh, meu Deus, eu vou gozar.

— Eu vou gozar. Vou esporrar dentro do seu cu virgem apertadinho — ele estava mandando ver. — Vou gozar, cara. Aí está. Toma.

Mesmo com a camisinha, eu senti os grandes jatos do fluido das suas bolas espirrando nas minhas entranhas. Tensionei os músculos da minha bunda ao redor do seu pau gordo, apertando-o com força. Meus olhos se fecharam e eu senti como se fosse desmaiar. Ele enroscou os seus braços fortes ao redor do meu peito e me abraçou apertado.

Ficamos atracados assim por muito tempo. Ele estava pingando e eu podia sentir o seu suor escorrer sobre o meu corpo. Eu estava pelando. Não me lembro de ter ficado nunca com o pau tão duro quanto daquela vez.

No que pareceu um piscar de olhos, Herbie assumiu a minha posição no banheiro e me presenteou com as suas nádegas carnudas e seu rego coberto de pêlos ruivos.

— Ponha uma camisinha, garanhão — ele disse.

Eu desenrolei uma camisinha sobre a minha vara e só então me lembrei do gel para facilitar a entrada. Eu estava prestes a comer a minha primeira bunda, um rabo quente de fuzileiro.

— Finque-a na minha bunda — ele rosnou.

Eu adorava o jeito dele falar. Fazia tudo ficar ainda mas excitante.

— Me coma com esse seu pau grande, civil.

Eu segurei nas suas coxas e fiquei olhando o meu pau inchado se acomodar na bunda musculosa e em brasa do fuzileiro.

— Me coma, cara. Coma o meu cu.

Eu meti o meu pau fundo, puxei-o quase todo para fora e então o empurrei de volta para dentro, outra e outra vez.

— Continue — ele grunhiu — me foda até morrer.

— Como você quiser, rapazinho. Um pau grande na sua bunda. Vá lá, soldado raso. O posto é raso, mas o buraco é fundo, hein?

Ele remexeu a bunda e forçou-a contra mim forte e rápido, nossos corpos fazendo sons altos ao colidir um contra o outro. Então eu gozei.

— Lá vai, seu puto. Vou esporrar no gargalo da sua garrafa!

Eu enfiei com tudo e me deixei levar pelo maior clímax de minha adolescência. Ele gemia e se debatia em resposta. Quando tirei o meu cacete da sua bunda, a camisinha estava cheia de porra. Eu a tirei e joguei na privada junto com as outras, mandando as provas do crime por água abaixo.

Herbie me tomou nos braços. Me apertou e me beijou, suave, ternamente.

Eu passei a maior parte do resto das minhas férias em Palms com aquele fuzileiro tesudo de cabelos vermelhos. Trepar num fusca não é fácil, mas nós dávamos um jeito, com suas pernas compridas enroladas em mim. Era o paraíso em pleno deserto.

Meus companheiros de faculdade ficaram com ciúmes. Eles achavam que eu tinha me dado bem com alguma aluna da escola mista e não estava querendo que eles a conhecessem. Eu deixei que eles pensassem o que quisessem.

Eu não precisava mais de fantasias. Herbie era real. Eu havia perdido a virgindade no deserto, aquela semana, mas havia encontrado a mim mesmo. Tudo graças a um doce e musculoso fuzileiro de pau grande.